U0138423

少年pi的奇幻漂流 幕後製作

the making of life of pi

稻田出版

少年pi 的奇幻漂流 幕後製作

the making
of life of pi

強-克里斯多夫·卡斯特里 著
(Jean-Christophe Castelli)

楊·馬泰爾 前言
(Yann Martel)

李安 推介

徐慧馨 譯

稻田出版

第2-3頁圖：劇組團隊，由左至右分別是場記瑪麗‧西布爾斯基（Mary Cybulski）、導演李安和收音人員馬克‧古德摩（Mark Goodermote）。劇組人員和龐大的3D攝影機一起待在救生艇上。

對頁圖：繪者不明。印度毗濕奴神的第八個化身克里希納（Krishina）與妻子在傘下躲雨。一八○○至一九○○年，印度。

第6-7頁圖：電影中老虎理查‧帕克（Richard Parker）的原型──「國王」。國王躍入專為電影而建造的浪池中展現跳水英姿。

獻給喜愛冒險和綿長無理數的
我兒奧古斯都和普魯斯洛,
以及一直陪伴我的妻子麗莎

目錄

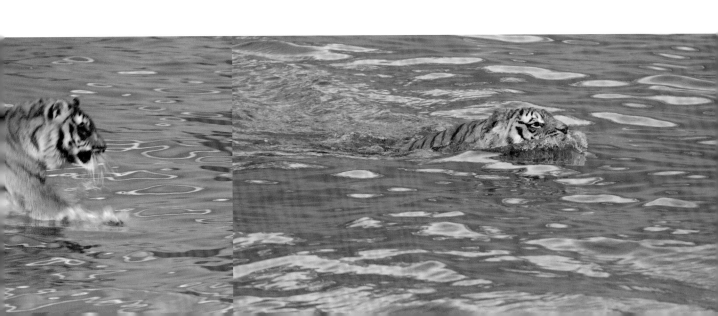

前言

上圖：繪者不明。無題。靈魚馬特斯亞
（Matsyavatara，毗濕奴神的第一個化身）。
十八世紀末，印度。

誰會料到這個故事最後會走得那麼遠？我在印度花了六個月的時間，一邊遊歷一邊從事實踐研究，然後回到蒙特婁麥基爾大學（McGill University）的瑞德佩斯圖書館（Redpath Library）做更多的學術研究。我並非麥基爾大學的學生，但可能是看起來還像是學生，我在麥基爾大學裡通行無阻。我並不富有，在第二本小說完稿的前兩年，每年只靠一萬美元過活（譯註：相當於每個月兩萬多台幣），住在一個與其他三人合租的破舊公寓裡。但我熱愛寫作，對這樣的生活並不引以為苦，反而樂在其中。試想每天早上一睜眼就構思如何讓一個男孩與一隻老虎在船上多待一天，生活的艱苦再也不是什麼難事。我一踏入冷清狹小的辦公室就好像坐上了救生艇，太平洋的潮水很快的向我湧來。

過去的寫作經歷並沒有帶給我一個衣食無缺的生活。我的第一本書──一個短篇故事集，只在加拿大賣了八百本，而第一本小說也只是勉強銷售超出一千本；這就是純文學小說的現實世界。但即便如此，我依然筆耕不輟。藝生於困，《少年Pi的奇幻漂流》（*Life of Pi*，下稱《Pi》）必須有進度，所以我把自己關在辦公室裡，一方面是需要時間和安靜的環境創作，另一方面則是把世界的冷酷隔絕在外，隔絕那擾亂人心的雜音──「世上的創作已經夠多了，不需要多一本小說、詩歌、劇本或其他作品。世上的創作已經夠好了，停止做夢吧，快點認清現實去找份正經工作。」

從事《Pi》的寫作是喜樂的，一切都是那麼自然而然、水到渠成。歷經四年，故事完成了。我的第三本書──揉合了信仰及動物學的奇異故事，終於要面世了。我想任何一個頭腦清醒的作者都應該不會把這兩個元素同時放到小說中。大部分的人都不喜歡動物園，因為他們覺得動物園是囚禁無辜動

物的牢籠；也不喜歡信仰（我的家鄉魁北克也是），或說至少不喜歡有組織的信仰。

最糟的還不止如此。我的書在二○○一年九月十一日出版，當日舉世關注的悲劇（美國九一一事件）自然掩蓋了一本加拿大小說的出版。

如果說有哪本小說註定一出世就會被打入冷宮，那麼應該非《Pi》莫屬。

但我們需要故事。我們並非只是冰冷的工作機器——日復一日重複著單調的吃飯、工作、睡覺，我們還是會思考的血肉之軀；我們會探索自我、思考人生方向與意義，而將這些複雜思緒交織成篇的最好方法就是故事了。故事讓我們「像個人」，它展現的就是人類錯綜複雜的面向。

《Pi》在推出初始並未大受矚目，直到書本賣往美英之後才漸有佳績。慢慢的，佳評湧入，讀者在驚豔的同時也不吝於宣傳此書，接著我獲得了大獎，無名小卒在一夕翻身。

我開始在世界各地巡迴宣傳此書；我數度造訪美國、也去了歐洲大部分國家，最遠還踏上亞洲及澳洲。在每一站都會遇到讀者跟我討論小說內容，也收到世界各地的讀者來信。大家最關心的一個問題總是：哪個結局為真？有動物的，還是沒有動物的？

我不曾也不會給出一個標準答案，每個讀者心中都有一個《Pi》的完美結局。但我可以告訴你：Pi 和理查‧帕克的故事的確是個關於存在的選項。你選擇過什麼樣的生活？是遵從一成不變的合理命令還是擁抱令人驚嘆且不可思議的可能？你必須眼見為憑，選擇被限制於其中，還是選擇大膽跨越信念？

無論選擇為何，我始終相信不能超越信念的生活不是真正的生活。生命是一場令人屏息的精彩冒險，它要你作出各種選擇，而非叫你終日衡量得失。

之後，好萊塢找上了門，但我卻困惑了：《Pi》講述的是一個男孩和一隻老虎受困於救生艇、漂流在太平洋上的故事。寫起來簡單，但要如何把故事搬到大銀幕上？這個任務困難重重，又有誰會「神經接錯線」的把它擔下來？

令人欣喜的是不只我的電影經紀人傑瑞‧卡拉將（Jerry Kalajian），包括製片吉爾‧奈特（Gil Netter）和二十世紀福斯影片公司總裁伊莉莎白‧蓋普勒（Elizabeth Gabler）等都願意一試，也由於他們堅定的信念，敲定了由李安出馬來導這部電影。還記得《斷背山》中希斯‧萊傑（Heath Ledger）擁著襯衫的孤寂嗎？或是《臥虎藏龍》裡刀光劍影的震撼？不論是在細節處傳遞深厚的情感張力或是營造力與美兼具的視覺效果，才華橫溢的李安導演都是執導《Pi》的不二人選。我也要在這邊向李安獻上我誠摯的謝意，感謝他願意「接錯神經」來幫忙。

電影的詩學要實現的話，很大程度必須仰賴技術運用，而強 - 克里斯多夫‧卡斯特里（Jean-Christophe Castelli）這本精緻華麗的圖文書呈現了電影中詩學及技術的交融；描述這場精工細作、戰戰兢兢的團隊合作如何將簡單的文字——一個男孩、一隻老虎與一艘救生艇——轉化為充滿魅力的電影。

李安的電影和我的小說雖然同名，但因為作者不同，產出的故事也略有不同，不過最後故事的意義仍繫於讀者／觀眾身上；你們要問自己的是：哪個故事結局比較好？是有動物的還是沒動物的？決定後請再問自己：這對於你所選擇的生活方式，又反映出什麼樣的意義？

——楊‧馬泰爾

自序

兩個風暴

我和李安的合作始於一九九五年。我當時在好機器（Good Machine）國際公司擔任編審。好機器是紐約的獨立製片公司，經手了李安從《推手》到《綠巨人浩克》的所有電影。一九九五年我們一起籌劃《冰風暴》這部電影，最後我還為這部以一九七五年為背景的電影做了歷史研究。一九七〇年代我還只是小毛頭，年齡和社會背景與電影中的小孩並無太大差異，所以我對於要進行的計劃有些摸不著頭緒。於是陳舊的一九七〇年代流行文化變成我的瑪德琳蛋糕，每咬一口都令我回憶起從前下課後的午後時光。隨著前製的來臨，我甚至想要從父親家的地下室將佈滿灰塵的孩提時代物品拖來當做佈景道具。看到克莉絲汀娜·蕾琪（Christina Ricci）房間裡七〇年代的地球日海報了嗎？那就是我提供的。

彙報的時候我想要為李安介紹美國生活的不同面向，畢竟導演不是土生土長的美國人。我又想，忙碌如李安導演應該只想要我交代清楚幾個事實，所以我有點擔心自己太投入而做了太多——我帶了好幾本活頁夾，裡面有滿滿的資訊，從一九七〇年代的女性主義概述到與電影時空背景相符的當日《電視指南》節目表。不過出乎意料的是李安對研究結果充滿了高度興趣，他熱切參與，最後心滿意足的將他的大方向概念與我的諸多細節彙整在一起。對自身經驗事物外的強烈好奇心，以及堅持電影與其時空背景必須有合理的連結，就是這兩大要素成就了李安的電影創作。

當時我做的研究其實只是粗淺的呈現《冰風暴》的架構——一個蘊含情緒核心的大框架。籌劃過程結束後，李安把一九七〇年代放一邊，開始了電影的拍攝。這是一部深刻又哀傷的電影，觸及了人性慾望、沮喪失落等議題，或許還要加上最後的救贖。《冰風暴》本質上還是充滿了時代風情，從彩色五趾襪到換妻俱樂部都表現出該年代的部分細節；話雖如此，令人驚訝的是整部片卻不溺於諷刺或懷舊，這還得歸功於李安同時顧及深刻的同理心與客觀呈現，而這樣的結合又從作曲家麥可·唐納（Mychael Danna，負責《Pi》的配樂）冷靜悠揚的木琴配樂中反映出來。

從《冰風暴》到《Pi》，我也與李安共事了超過十五個年頭。二〇〇九年某天，李安打電話給我說他剛接了一個工作——將楊·馬泰爾（Yann Martel）的小說改編成電影，問我是否有興趣從事籌劃和研究工作；不久，我就沉浸在印度傳說、船難餘生的故事以及漂流歷程當中而無法自拔。不同於《冰風暴》的是，《Pi》的工作讓我見識到電影世界中的緊張與愉悅，在在令我感到十分新鮮——這是一段漫長的旅程，而非只是輕鬆的短程旅行；這趟旅程帶我探索千變萬化的主題，也將我帶進了李安和編劇大衛·馬季（David Magee）的印度探勘之旅。

當拍片事宜就緒後，我發現自己又經歷了參與籌劃過後必然發生的複雜心情；一方面為電影即將開拍感到興奮，一方面又有些失望自己已「功成身退」，再一次目睹電影開始製作，如同站在碼頭上目送船隻般遠颺。但這次不一樣，我決定要從頭到尾參與歷險，所以我也決定撰寫此書。我飛到了台中（台灣的一個城市，電影大部分在此地拍攝），深入觀察李安和他的工作。在參與過程中，我發現自己特殊的轉變：就電影而言，我從參與者變成了旁觀者；我是《Pi》的「元老推手」，但經過兩年的拍片時光，我感覺自己已從培育者的角色中抽離了，反而對電影有些陌生，逕自在片場四周徘徊（片場設在一個閒置的機場，而航廈是主要的辦公室）。這種感覺就好像置身

在巴拉德（J.G. Ballard）小說中後啟示錄的遊樂場中。頭幾天，我困惑的看著精密的機器工作，3D攝影機看起來就像個雙頭怪物，廣闊無邊的藍色屏幕包圍著高科技的造浪池。我一邊注視著儀器，一邊思索著這些東西到底會如何把我所知的《Pi》那強烈的個人及心靈成熟的蛻變歷險表現出來？

在觀察李安和劇組製作電影（包括後製）數個月後，我發現所有事物都能很好的連繫起來。從呼嘯的狂風吹翻了奇桑號，到最溫柔的微風輕吹起電腦繪製的老虎軟毛，《Pi》這部電影不管怎麼看都是科技的一大勝利，不過這個勝利還得奠基在對於科技的謹慎運用上。

最後，留下的是 Pi 和他的故事，或者說是 Pi 的兩個故事，這同時也是李安的故事，因為在寫這本書時，我突然察覺到李安的電影與電影之間，其實並不如所見的那樣有著巨大的差距。蘇瑞吉·沙瑪（Suraj Sharma）在狂風暴雨侵襲的甲板上跌跌撞撞的搖晃讓人想起了《冰風暴》中伊利亞·伍德（Elijah Wood）跳上滿覆冰霜的跳水板側邊俯衝向康乃狄克州郊區的柏油路上。他們同樣是精神洋溢的天真少年、在一腳踩在懸崖邊上的同時睜大雙眼認知到自己的渺小。

這篇自序無例外的也是最後完成的。我已盡我所能修訂本書疏漏之處，例如把本書對李安的稱呼從較親暱的「安」改為較正式的「李」（「安」是我在書寫初稿時所用的字眼，但在本書中，這份我和李安導演的私人交情就略去不談了。）即便是在第一章的最後我已不再扮演參與者的角色，這本書仍然留有我的個人觀察與意見。身為電影的副製片，我的生活在一段不短的時光內也全繞著《Pi》打轉。我希望這個客觀事實能為本書錦上添花、成為「幕後製作」書系公正的基石，就如同第二個故事一樣。

——強 - 克里斯多夫·卡斯特里

上圖：繪者不明。躺在大蛇謝沙身上的毗濕奴神和拉西米神（Lakshmi）。十九世紀末，印度。

推介

　　圓周率 π ——圓的周長與直徑的比——這個常數是個無理數，小數點後無限延伸且不會循環。在小說《Pi》中，作者楊·馬泰爾用 π 似乎是在比喻生命的未知及不按常理；對我而言，π 的概念是與《Pi》的電影製作緊緊相連的。

　　「理性」就像是一個動物園，而人類則是一種奇特的動物，不但給自己建構牢籠——社會、家庭、學校、組織信仰——也選擇安居其中。精心設下限制就為了讓自己遠離未知，而未知是危險卻又迷人的。

　　藝術，尤其是說故事的藝術，使人們以不同的方式接近無窮盡的未知而非理性。藝術將無限化為有開頭、內容和結尾的敘述，但同時也透過影像或譬喻等讓人得以一窺非理性與未知，藉由這種方式，「說故事」便提供了一種「慰藉」，讓理性所排斥的情感需求得以被填補。儘管如此，單單只有說故事還是不夠的；就像我們雖然過著理性生活，但內心深處的某個部分仍然渴望著直接接觸未知、臣服於它，讓自己成為強大力量底下的一艘小船。

　　這就是信仰的著力點。信仰既不設限如理性，也不凌亂如迷信。信仰帶人突破框架，探索非理性與未知；但理性到非理性之間從來都沒有橋梁，有的只是裂口。而從此岸到達彼岸的方法唯有奮力一躍——往另一個次元奮力一躍。

左圖：**無理數 π**，Pi的綽號來源。由《Pi》美術部提供。

大約在二〇〇一年我第一次閱讀《Pi》，當時讀完覺得又驚又喜，但我隨即想到，大概沒有一個「正常人」會想把它拍成電影，畢竟理性的考量，製作預算會很高，但在非理性的那一面，這個故事縈繞在我心中。七年後，二十世紀福斯影片公司總裁伊莉莎白‧蓋普勒找我拍片，我猶豫了很長一段時間，接著，福斯電影娛樂企業的主席兼總裁湯姆‧羅斯曼（Tom Rothman）來訪，他的確是個能言善道的說客，我被他提出的計劃給吸引，接下了這個挑戰，但即便接下這個任務，我的心裡還是帶著疑問的。

我的直覺果然沒錯，拍攝《Pi》是一個浩大的工程。實際來看，給《Pi》這樣特殊的計劃估預算本身就是個大難題。這是個不可能的任務，就好像把圓的變成方的（又一個數學比喻），我不止一次接近放棄邊緣，放棄我的信仰與全部的計劃。大概在二〇〇九年年中的某天，我突然意識到應該跳脫思考框架，在另一個次元上找答

案，才能將《Pi》搬上銀幕，跨越藝術潛能與實際執行間的鴻溝。

接著一連串的選項迅速向我湧來。

另一個次元：字面意給了我一個提示。把《Pi》拍成 3D 電影如何？這是在《阿凡達》推出之前很久的事情，當時我對 3D 的概念還很模糊。

另一個框架：把「說故事」放進故事本身如何？讓成年 Pi 和作者出現在銀幕上撐起敘事框架？

另一個演員：晉用一個全新面孔來演電影如何？讓十六歲少年飾演 Pi，挑起電影大梁？

另一隻老虎：融合真老虎與電腦繪製出的老虎創造出理查‧帕克怎麼樣？為「寫實」下一個新定義？

另一個地點：把電影拉到印度本地治里（Pondicherry）和慕那爾（Munnar）去拍如何？《Pi》的生源地？即便那裡完全沒有拍片設施？

另一種波浪：打造一個自己的造浪池如何？做一個比現有的都要好的造浪池來模擬洶湧多變的海象？

另一個國家：但要選哪一個國家？可以在哪個國家進行主要的電影製作？我們找了許多國家，包括美國，但就是找不到理想的拍片地點。

或許小說在這段旅程中提供了一個線索、一張地圖。奇桑號沉船於北馬里亞納海溝（Mariana Trench），設定 Pi 跨越太平洋沿著北回歸線漂往北美大陸，而最靠近 Pi 的恰巧是台灣，一座浮島，也是我生於斯，長於斯的「動物園」。現在一切都已準備就緒，《Pi》要開拍了。即使自一九六六年以來再沒有大型電影製片公司在台灣拍過片，我們還是選擇了台灣。最重要的是，在台灣拍片也需要信仰上的驚天一躍。但我們做到了。稱其命運也好，旅程中的巧合也好，我回到了出發的起點：在多年的缺席後我返回故鄉，圓了一個圓。

我們在印度本地治里和慕那爾拍片，與優秀的印度劇組共事，度過了美好的三個星期，最後也在蒙特婁過了充實的兩天。不過超過八成的影片（包括前製和製片）是在台灣第三大城市——台中——的一個閒置機場拍攝完成的。另外我們也忙裡偷閒去了台北市立動物園和墾丁海灘。

這次的拍片經驗實在難得；一百多個來自不同國家的劇組人員飛來台灣協助拍片，有些攜家帶眷而來，久而久之也融入了台灣生活；而台灣最大的本土劇組也學習了高預算的電影製作方法並且表現優異。語言已經不是障礙了，大家一起工作，也在從前的登機報到處共同用餐。這裡就像是電影製作團隊的烏托邦。

台灣在協助拍攝《Pi》上獲得再多的讚譽也不為過。我們得到新聞局的熱情支援、台中市政府送的大禮（台中機場與造浪池）、屏東縣政府（屏東是我的出生地）所提供的場地，還有台北市立動物園和六福村主題遊樂園提供動物以利拍攝。上至國家造船公司，下至地方產業和地區攤販，台灣民眾都興奮期待這部大片的製作。就是這份充滿正面能量的鼓勵讓我們的電影製作成了一個共享的夢。在福斯公司的支持下，我們打造出最特別的環境。對於所有人而言，《Pi》是一

場驚險的、能豐富我們的經歷；我們用靈活創新的方法與不同以往商業製造的模式創造出屬於大家的獨一無二。

「說故事」和「信仰」是這個計劃能夠實現的兩大要素。現在旅程結束，如同 Pi 和理查·帕克，我們也帶著電影抵達了彼岸。最後再看一眼這個作品，然後它就要帶著希望面世了——願這個作品能喚出更多觀眾內心深處的故事。

——李安

對頁圖：李安正在指導蘇瑞吉·沙瑪。地點在印度本地治里。

上圖：旅程終點。導演和演員在台灣墾丁。這裡是影片中Pi上岸的地點。

1 籌劃：發展階段

導演

李安和編劇大衛．馬季為了《Pi》而聚首，在興奮的同時兩人心中也帶著幾分疑惑，無法確定這個精彩的故事是否能成功搬上大銀幕。

馬季自承一開始選擇楊．馬泰爾的小說來閱讀只是圖個消遣，沒想到「最後我深深愛上這個故事」。編劇的職業病讓他忍不住在這本閒暇讀物上編編寫寫，但他也說：「我實在不曉得這個故事要怎麼改編成電影。」一方面，這本小說探討許多宏大的概念，包括生、死、神、人與動物、男孩轉變為男人的過程以及信仰等等；但另一方面，實際的意象卻又很簡單；過了開頭的印度彩色場景後故事基本上只餘一個男孩、一隻老虎和一艘小船。

這樣一個視覺簡約的故事要如何擷取甚至留住觀眾的目光長達兩小時以上？

對於李安而言（導演一開始閱讀小說的動機也是出於消遣），《Pi》講述的雖然是一場精彩的冒險，但小說中引人入勝的關鍵卻是多元意涵的潛在價值，這是其他高預算的商業大片很少觸及的。

雖然故事題材具高難度挑戰性，但製片吉爾．奈特（電影《攻其不備》製片）卻對其青睞有加。

奈特表示「我從來沒有讀過這樣的故事。」除了故事中的信仰要素引起他的共鳴外，最終深深打動他的還是他所形容的「一種直覺」。「我對電影很狂熱，而這種感覺是只有進電影院才找得到的，這也是我一直以來追尋的感覺。」二〇〇二年，奈特帶著這本書找上二十世紀福斯影片公司總裁伊莉莎白．蓋普勒，福斯買下《Pi》一書的版權，劇本幾經修改後落到了李安的桌上。

蓋普勒在二〇〇八年第一次跟李安談《Pi》時，導演很驚訝電影公司似乎能接受小說的開放式結局，讓電影中 Pi 平鋪直敘船難經過的結尾得以保留。李安曾好奇的詢問福斯電影娛樂企業的主席兼總裁湯姆．羅斯曼：公司是如何定位《Pi》？羅斯曼答以「闔家觀賞的電影」。李安進一步追問原因時，羅斯曼反問他讀完小說後發生什麼事。

「我讀完後換全家讀。」李安這麼反應；他把書傳給了妻子及兩名兒子看。

「這就是了。」羅斯曼回答了李安的問題。

兩人的對話觸及了《Pi》的特殊定位——這是一趟適合一家老少的驚險旅程、也是一個父母能跟孩子分享的故事，更是一部能引人深思、討論的電影。

學習改編：
大衛．馬季的故事

　　高掛在李安編劇名單上的是大衛．馬季。蓋普勒女士對馬季的作品印象深刻，曾用「絕妙改編」（指《尋找新樂園》）來形容他的作品，贊許其「兼具孩童視角與劇場張力」。

　　馬季會走上編劇一途完全是陰錯陽差。當時馬季剛從伊利諾大學畢業（他主修戲劇學，李安也是在差不多的時間於該校就讀戲劇系），他一開始是當演員，不過他說：「我賺的吃不飽、餓不死。」為了增加收入，他還從事有聲書的旁白工作。有天，他終於受夠了：「我抱怨：『這本書刪得一塌糊塗，完全不知所云。故事裡面的角色出現時機不對，前一個場景根本沒有這些角色。這樣不行。我來改都比這個好。』負責人說：『那不然你來試試看？』」馬季答應，開始了他的兩份工作——白天他是小演員，晚上搖身一變成為大修改師；揮動著紅筆精準犀利的把材料重點擷取出來。

　　五年後，經過八十多本有聲書的改編訓練，馬季成了一位作家。他的第一部改編劇本《尋找新樂園》大放異彩。《尋找新樂園》是描述「彼得潘」作者巴利（J.M. Barrie）的奇遇故事，由強尼．戴普和凱特．溫絲蕾主演。這部電影讓馬季在二〇〇四年獲得奧斯卡與金球獎的提名。

馬季先生與我：
兩個說故事的人
來講「說故事」這件事

　　在二〇〇九年年初，馬季的經紀人告訴他李安要拍電影，希望馬季能負責劇本編寫，馬季一口同意了。他的原因是「如果李安對此已在某種程度上有所洞悉，那麼我就全力支持。」李安和馬季一邊吃著日式料理晚餐一邊討論小說的中心思想；他們都認為這本小說表現出了一個概念：「故事可以用不同的方式幫助我們度過人生，不論你談論的是宗教故事，或是『說故事本身』這件事。」

　　在李安看來，「說故事」這個事件（《Pi》事實上是兩個人交換故事），是推動全篇故事的基礎。馬季指出：「重要的是我們真的開始思考 Pi 試著要跟作者建立起的關聯到底是什麼？他如何藉由改編他的故事來昇華他的靈魂？因為同樣一個故事面對不同的受眾可能就會有不同的版本。」所以編劇為電影創造了一個作者的角色，而電影要從作者拜訪成年 Pi 展開。

　　在電影中，刻畫小說的是作者而非日籍調查員，因此作者必須在信仰上跨出自己的那一步。李安和馬季在這點上就與原作者楊．馬泰爾的視角有些出入，他們主張邁出的那一步不一定要把觀眾帶到宗教這個面向上。Pi 的乾叔叔「媽媽吉」將作者引介至 Pi 蒙特婁的住所給 Pi 認識，暗示作者聽到的故事將會改變他的視界。這的確是個好主意，因為作者和觀眾必須自行決定答案。事實上，Pi 故事的最終意義可能很大程度上不在於內容本身，而在於將最終意義的決定權交到觀眾手裡。就大衛．馬季而言，《Pi》這部作品其實是關於透過「說故事」這件事，我們可以把人生的混亂框架住，並從此架構中尋找意義的可能性。而對於作者來說，最終在 Pi 的兩個故事間抉擇，關係到的是生命的改變，而不是喜好的選擇，當他初訪 Pi 時，他正苦於靈感枯竭且靈魂迷失，因此從故事本身的轉變力量而來的信仰重建，或許正是他所追尋的。

第16-17頁圖：漂流在海上的男孩與老虎。為了呈現多變的海象，藝術家艾利克西斯．洛克曼（Alexis Rockman，負責電影中島嶼的視覺意象）將顏料灑在紙上製造暈染效果。

對頁圖：第一隻3D老虎？詹姆士．利卡爾頓（James Ricalton）在一九〇三年拍攝的第一張立體相片，照片中的老虎為「加爾各答動物園惡名昭彰的『吃人魔』。在被捕獲之前已吃掉兩百人，男女小孩皆有」。

最後李安和馬季達成共識,「說故事」這個概念會支撐起劇本框架,進而留給觀眾詮釋的可能。然而回到故事本身(在這麼長一段時間中,銀幕上僅有的元素就只有一個男孩與一隻老虎漂流在太平洋上),馬季坦白表示,當李安和他一同用餐時,他們還毫無頭緒,不曉得該如何把書中的奇幻景致呈現出來。雖然有點漫無目的,但至少現在導演和編劇都已在同一條船上,準備開始慢慢航向未知。

印度的失與得:
劇本定調

接下來的幾個月,李安和在電腦前苦思的馬季展開了綿長的討論,努力為劇本定調。小說涵蓋範圍廣泛,從宗教和動物學的哲學思考,到年輕男孩的笑鬧不正經,要如何將這些元素濃縮到單一劇本裡?這個問題直到二〇〇九年七月末的南印度之行,才有了答案。馬季、李安和研究人員前往南印度搜集靈感,並同時拍攝場景地點的相片。當時馬季坐在貨車後方,這趟路崎嶇不平又塵土飛揚,馬季得很努力才能把筆電固定在汗濕的膝上。李安告訴他《Pi》有點像兒童故事,「是個充滿奇想、冒險和樂趣的故事」。馬季一聽立刻想到小說中的動物園,Pi向孩童講述奇遇的畫面立刻浮現在他的腦海中,所以,「我馬上想到了要塑造一個說故事的角色。李安的說法讓

我想出劇本中爬蟲學家的那段台詞。」

> 作者
> 你在動物園長大嗎?

> 成年 Pi
> 我是在印度的法國區本地治里出生長大的。我的父親是動物園園主。我是由一個在檢查孟加拉巨蜥的爬蟲學家,在匆忙下幫忙接生的。

外景。印度本地治里動物園,一九六一年——白天。

在動物診所裡,蜥蜴的身後亂成一團。工作人員擠在門邊高聲喧嘩,沒有人去注意蜥蜴。

動物園園主(父親,近三十歲)帶著腳上沉重的支架用最快的速度趕來。其中一名員工為父親打了把大傘,因為父親手裡騰不出空來,他手裡滿是衛生紙、毛巾和枕頭。不久,員工爆出一陣歡呼和恭喜聲。

> 成年 Pi(旁白)
> 母子均安。

蜥蜴溜走了。

孩子，把土放到嘴巴裡不好。

會讓肚子長蟲。吃泥土的小孩常生病。

耶守達將克里希納牽進屋。

你把土吃下去了嗎？嘴巴打開我看看。

媽媽，我沒有把土吃進去。

克里希納回嘴。

你還是把嘴巴張開讓我看看。

耶守達再說一次。

克里希納把嘴巴張開，耶守達嚇了一跳；她發現整個宇宙都在克里希納的口中。有太陽、月亮、星星、地球等等。

現在耶守達完全相信她的孩子不是普通人，而是神。

看到耶守達驚訝的樣子，克里希納施法讓她忘了這件事。

成年 Pi（旁白）
但逃走的蜥蝪卻被一隻受到驚嚇的鶴鴕踩死了。這就是因果，也是神威。

馬季接著描述他當時如何文思泉湧、飛快動筆把場景片段描繪下來，而貨車仍然緩慢穿梭在鄉村的牛群、拖板車和行人之間。「那一刻我終於找到故事的基調。」馬季陷入回憶：「故事的基調應該是明亮輕快的，像個復古的寓言；但隨著故事的推移，更深刻嚴肅的議題也將被帶出來。」如此一來，「就能讓人以一種不過分沉重的方式碰觸哲學」。

輕鬆明快的基調貫穿了 Pi 的童年直到他五歲。媽媽（由塔芭桑·哈許米飾，又名塔布，出演過《同名之人》）給五歲的 Pi（高譚·貝魯飾）講印度神話故事。Pi 深深著迷於這些床邊故事。媽媽告訴 Pi，耶守達（Yashoda）發現克里希納把土放進嘴裡，叫他張嘴，結果發現「整個宇宙在她面前展開」的故事。

兒時這種理想化的印度教容納精神就好像土壤一般，讓 Pi 對其他宗教（基督教、伊斯蘭教）的好奇心在這片土地上播種，繼而萌芽、茁壯。在電影剛開始，Pi 還是「媽媽的 Pi」，但後來反而是父親的角色在電影中較為強勢——這在李安的電影中屢見不鮮；從李安開始導電影，對父親形象的依從與抵抗就反覆出現。

對頁左圖：故事板上的素描，這個場景畫的是Pi的父親正急匆匆趕往正在生產的妻子身邊。右圖則是無人看管的蜥蝪正衝向命運終點。

上圖：耶守達在孩童克里希納的口中發現了全世界。這是安潔雅·多帕索（Andrea Dopaso）為電影仿照印度七〇年代流行的漫畫畫風所畫。

在動物園有一幕很關鍵，十二歲的 Pi（阿尤什‧坦登飾）擅入禁區，企圖跟新來的老虎理查‧帕克交朋友，並徒手餵老虎食物。Pi 的父親（亞帝爾‧胡笙飾），一名理性主義至上的商人，給兒子上了血淋淋的一課。

Pi
動物也有靈魂，我可以從牠們的眼睛裡看到靈魂。

父親
動物的思考跟人不一樣。忘記這點的人就會送命。老虎不是你的朋友。你只是從牠們的眼中看到自己的情緒反射而已，沒有別的了。

這一幕至關重要。馬季指出「李安反覆提到這場 Pi 第一次見到理查‧帕克的情形，Pi 體認到

「《Pi》表面上是講哲學、講兩種結局的取捨、講信仰的前提，這與文本要義相
符。但奇怪的是對我來說，次文本卻很清楚的傳遞出男孩轉變為男人的過程。
這幾乎變成我的首要重點。」

——李安

這美麗的老虎實際上的殺戮本性。這是 Pi『蛻變
為成人的時刻』：他的天真從此逝去。他一下子
長大，發現叢林的真實殘酷面。」也如同成年 Pi
所言：「那天之後一切都不一樣了。這個世界好
像失去了某種魅力。」

在小說原著裡，這只是單純教導孩子動物危
險的橋段，但在電影中卻成了標誌 Pi 一夜長大的
重要場景。劇本將十六歲的 Pi 塑造成一個受到存
在主義（Pi 閱讀杜斯妥耶夫斯基和卡繆）與荷爾
蒙（Pi 愛上舞者阿南蒂──電影裡添加的新角色）
的影響，而不安又困惑的少年形象，將馬泰爾書
中原本的宗教和動物學本位，轉變為強調成長的

共通經驗；這個轉變或許也標誌了電影與小說的
分水嶺。馬季進一步解釋：「Pi 的信仰基礎始於
青少年時期的多方嘗試，所以當他啟程離開印度
的時候，的確有基本理由來決定不同的論述方式，
而母親對於信仰的描述，以及父親的實事求是與以
理性為本的無神論，都為電影的兩個結局鋪路。」

對頁上圖：十二歲的Pi要把食物獻給理查‧帕克，一旁
的哥哥拉維正盯著看。

對頁下圖：在Pi的父親將理查‧帕克的殺戮本性展示給
Pi看之後，Pi的母親給他安慰。

上圖：放學：大雨在疏離的青年Pi身後沖刷。

分頁劇本

　　李安一方面想要運用「說故事」這個概念，另一方面又擔心「說故事」這條線可能會被淹沒在各種敘述情節中，所以很早就決定劇本要使用特殊編排格式──將某些頁數從中間一分為二，左邊是成年 Pi「說故事」的現在式，右邊則是進行中的「故事」。這樣的格式一開始真是讓馬季吃足了苦頭，但出來的效果卻很令人滿意。馬季表示「我發現這樣寫劇本反而變得更有創意，因為我能兩邊對照、激發靈感，而不是只是簡單的把需要的鏡頭標出然後寫『喔，他現在在動物園裡。』」

父親
別太靠近抗議群眾。

Pi（往門走去）
我知道。

外景。 蒙特婁，靠近港口──接續

Pi從欄杆上轉身，沿著街道往前走，作者在他身側。

Pi
我對政治不感興趣，學校很無聊，不是論據、分數就是法語。

沒完沒了的單字句式就像我的無理性綽號。

我寫了張閱讀書單好讓自己不迷失。我總是在追尋更高遠的意義或目的，不停追尋……

然後我遇見了阿南蒂

媽媽讓我學音樂。有天老師生病了，他請我幫他在午後的舞蹈課上打節拍。

外景。 Pi的學校──白天

放學。還在下雨。Pi穿著雨衣走向街邊，那裡停了數百台學生的自行車。

外景。碼頭／大海──白天

碼頭帶個長鏡頭。Pi在海岸邊游泳，消耗青春期無處可發的精力。

外景。碼頭下──白天

Pi打著赤膊坐在碼頭的支撐樑下，閱讀卡繆的《異鄉人》。背景為本地治里的海岸線。

內景／外景。舞蹈教室──白天

特寫阿南蒂（15）動人、優雅、眼波流轉。全神貫注的舞姿。

Pi注視著阿南蒂，無可救藥的愛上了她，他一邊擊鼓一邊出神的想著她。他正為一班女學生打節拍。

舞蹈老師（女）跟著節拍吟唸。
舞蹈老師拍拍她的手，停下教學。

Pi正在閱讀卡繆的
《異鄉人》,思考
存在的意義。

想法、圖像與靈感

馬季承認書中關於印度的部分是「電影中最難寫的一部分」，故事中大量涉及的印度宗教與文化是馬季的弱項。

所以他開始著手研究。在電影的早期發展階段，導演比較要求背景事實與方向概念，當然或許最重要的還是這些要素的關聯性。《Pi》的研究始自小說、劇本以及導演和編劇間的討論。一開始，研究是比較天馬行空、直覺式的，馬季找了很多參考資料，有講故事的書、討論信仰本質的比較宗教學、小說中提到的三大宗教的資料、印度民間故事、廟宇設計與圖騰、各種儀式、南印度古典歌舞、本地治里和法佔印度的歷史、講述印度史詩的不同版本漫畫書、印度畫作（尤其是大象的「拼合畫」——不同動物組成的大象，也是電影所採用的視覺意象）、參拜活動的主題攝影以及家家戶戶的祈福藝術等等。研究階段中最偉大的發現或許要屬路易·馬盧（Louis Malle）的《印度印象》了。《印度印象》是一部個人色彩濃重的紀錄片。電影分為七個部分，

對頁上圖：繪者不明。無題。（濕婆神一家）。一七三〇年，印度。

對頁下圖：Pi父親動物園中的壁畫仿作──傳統印度大象拼合畫。

左圖：學生正在青奈卡拉榭特拉藝術學院練習婆羅多舞。

是導演於一九六八年花了四個月的時間完成拍攝的。整部電影就是一座富藏影像與印度印象的礦山。

研究的某部分成果反映在《Pi》的視覺呈現上，某些部分內化為電影的潛意識，更多部分只是經過詳細研讀、充分理解、放下然後前進，這是必然的結果，因為劇本和影片還在前方等候。

李安的處女航：
航向南印度

二〇〇九年六月，導演、編劇和研究人員飛往印度進行為期三週的探勘之旅。行程包括《Pi》中兩處主要地點──本地治里和慕那爾，以及幾處動物園、廟宇、學校和小說中提到的其他地點。雖然實際開拍前李安又進行了另外三趟的印度行，但他在首次的印度之行中已經找了許多主要地點；電影基本上已近定型，甚至特定鏡頭導演也心有定數。

兄弟姐妹（rakhi）線

印度之行來到了孟買。旅途中的許多小細節後來都被用到電影視覺呈現的效果上。某天，三人參訪完第一座廟宇，一位微笑的苦行僧上前攀談（飄蕩的聖人）。佈施了幾個盧比，苦行僧隨即在三人手腕上繫「兄弟姐妹線」──一條神聖的紅線。紅線經過一段時間後出現磨損、褪色的現象也出現在電影中。Pi手上的破舊紅線除了代表時間的流逝，也象徵Pi與過去的連結越發薄弱。

舞者

離開孟買後李安前往南印度坦米納杜省的青奈（馬德拉斯）造訪卡拉榭特拉藝術學院（Kalakshetra Foundation）。卡拉榭特拉藝術學院專門教授傳統婆羅多舞（Bharatanatyam）和南印度音樂。小說中雖未提及舞蹈，《印度印象》中出現的卡拉榭特拉舞蹈課程卻讓李安驚為天人，尋思著是否有插入表演藝術的空間。

在露天小平房裡，舞者頭上頂著超過四十度的灼熱高溫，腳下跳著各種舞步。初學者揮汗如雨的練著基本舞步，進階班學生則在長段舞蹈中運用表情和手勢，優美的激發情感也訴說故事。本來在地磚上的赤腳踩踏與木板上的急促擊打節拍聲，因著遠處傳來的一陣歌聲竟失色了。歌唱老師帶領學生隨著他與樂曲高低起伏，一致的比

劃手勢並唱出歌聲。坦布拉琴（tanpura，類似長頸詩琴）的嗡嗡顫動聲似乎在深層的精神層面上將不同教室串連起來，它提醒學子莫忘婆羅多舞和印度古典樂的初衷——向神祇傳達敬意。

散落在屋舍和樹木間的是各式各樣的神佛雕像，其中一小座是「躺在阿難陀龍（Ananta）身上的毗濕奴神」；偉大的毗濕奴沉睡在蛇的千首上，漂浮在毀滅與創世的宇宙海間。在電影第一幕戲中的金奈廟宇慶典儀式，當中的偶像就是毗濕奴神，這是一個很棒的場景。

李安最後找到了適合的拍攝地點，來呈現傳統舞蹈和南印度音樂，成就了少年Pi愛上婆羅多舞者阿南蒂的場景。雖然小說裡沒有這段情節，但李安認為愛情元素的加入更能重點突出Pi與家人坐船遠離家鄉時被迫放下的種種：不只是過往童年，也是綺麗未來。

鬃狗哈里

金奈同時也是亞里那亞納動物園（Arignar Anna Zoological Park）的所在地。勘景小組選中亞里那亞納作為第一個參訪的動物園，欲找尋拍片素材以建構 Pi 童年時期的動物園。亞里那亞納動物園裡隨處可見手繪標語，除了介紹動物之外，也提醒遊客不要逗弄動物。

在動物園的眾多住客中，一隻名為哈里的鬃狗攫住了李安導演的目光。李安仔細盯著哈里因感受到勢力範圍遭犯而來回走動的行為。看起來很聰明的哈里流露出高度的不安與警覺性。

上圖：毗濕奴神以阿難陀龍的蛇冠為床，在創世與毀滅間沉睡。圖為卡拉榭特拉藝術學院裡一座毗濕奴神像的局部照片。

下圖：哈里，金奈動物園中的一隻斑紋鬃狗。豎起鬃毛好奇的看著電影導演的到訪。

標牌文字：請勿擅闖圍欄區，僥倖生還者將被依法告發。

請勿餵食、對我吼叫：
印度動物園標牌

　　印度動物園的吸睛特色之一在於標牌。標牌上常寫有嚴厲、帶威嚇意味的警告字眼，以下的標牌描繪有位遊客逗弄動物、受到攻擊而受傷，最後被微笑的動物園管理員帶走。不同勘景之旅中的眾多標牌給《Pi》的美術部帶來啟發，他們為桑陀旭・帕帖爾（Santosh Patel，Pi 的父親）的動物園創造出輕鬆又直白的標牌。

右上標牌文字：請勿吼叫、模仿、餵食或逗弄動物。請安靜的欣賞動物。謝謝！

右下標牌文字：請勿站、坐、爬或倚靠動物園欄杆。若您不慎摔入圍欄區，很有可能招致動物攻擊而受重傷！敬請合作。違規者將會受懲。謝謝您。

忽然之間哈里停止踱步，將背上的鬃毛高高竪起，接著偷偷溜到戲水池裡消暑。這些動作——張揚踱步至伺機遁逃都被導演運用到電影中；為了紀念在金奈動物園的遠房親戚，《Pi》中救生艇上的鬃狗也同樣被命名為哈里。

在動物園的老虎和鬃狗區後面，李安第一次看到動物園管理員的樸素住所，旁邊是動物餵食牢籠，由冰冷的鐵條和堅固的溝渠打造。美術部參考許多不同的動物園，並將這些場景重新設計，呈現於電影中。

神廟

為了突出《Pi》一書的兩大重點——動物學和宗教信仰，勘景團隊也造訪了不同的寺廟。神廟富足而令人迷醉、世俗與精神兼具的氛圍讓李安拍出少年 Pi 對多元宗教的包容接納心。在這些神廟中最讓人目不轉睛的當屬米娜克希神廟（Meenakshi Sundareswarar Temple）。米娜克希神廟位處坦米納杜省馬杜賴，以巨大的塔門（gopuram）聞名。塔門上是無數男神女神和魔鬼的雕刻，色彩鮮豔，姿勢各異。

神廟的每一面都是一個故事，從廟頂的守護神祇，到深幽長廊上朝四面八方延伸出去的千座雕刻石柱，給人置身在說不盡的故事當中的感覺。從幽晦的神秘故事到簡單的祈福儀式，印度神廟無所不包。參訪尾聲，我們看到隨行人員買了椰子，敲上神廟光滑堅硬的地磚；這是一種向象神（Ganesh，印度的象首神，代表新的開始以及破除障礙）致敬的儀式。大衛．馬季花了幾盧比讓神廟中的大象以象鼻輕輕碰觸他的額頭，象徵象神的賜福。

茶樹園

雖然主要的拍攝地點已大致底定，但勘景旅途中時有令人驚喜的意外發現。李安來到位於喀拉拉邦（Kerala）的慕那爾，參訪茶樹莊園（電影的主要場景之一），童年的 Pi 就是在茶樹田間發現教堂、初識基督教。站在茂盛蒼翠的山坡向遠處眺望，映入眼簾的是無邊無際的美麗風景。接著沿著茶園蜿蜒的小路往前走，導演發現了令人驚豔的白色多瘤樹幹樹根出現在茶樹園下。李安深深著迷於眼前的景色，他請馬季拍下一張又一張的照片，越拍越近，最後他在灌木叢下方發現「一樹一世界」的奇觀。李安決定將這些迷人的視覺圖像運用在 Pi 的旅程近尾聲時，海中如夢似幻的神秘島嶼設計上。

大菩提

島嶼的場面中很重要的是繁茂的菩提樹。李安對菩提樹一點都不陌生，在他生長的熱帶島國上不乏菩提樹的蹤跡。菩提樹和無花果樹同屬，為附生植物，這種樹會攀根於其他樹種上往旁邊生長，並同時向下扎根，這個過程會不斷重複，

直到單一樹種成為盤根錯節的森林。菩提樹奇異又驚人的外表加上在印度文化、神話中的特殊地位，在在讓導演驚嘆，於是參觀菩提樹也被排入了行程。

靠近班加羅爾（Bangalore, Ramohalli）有棵特別巨大的菩提樹，當地人直接稱其為「大菩提」。這棵菩提樹有超過四百年的歷史，佔地足有四百平方公尺，面積廣到無法找到她的初萌芽點。雖然大菩提的樹皮上刻滿塗鴉文字（像是「拉吉夫愛普莉亞」之類的），但仍然不減她的神秘性。大菩提樹就像永恆生命的存在象徵，在不定與消逝間恆長新生。

對頁上圖：編劇大衛．馬季、副製片強-克里斯多夫．卡斯特里、導演李安和隨行人員拉克什．梅赫拉（Rakesh Mehra）。背景為馬杜賴米娜克希神廟的塔門。

上圖：慕那爾的茶樹園。

下圖：近班加羅爾的大菩提，大菩提的所在地已變成了公園。

菩提生根

在充滿聖樹和神話故事的文化中，菩提樹絕對佔有一席之地。以印度為例，其著名史詩摩訶波羅多（Mahabharata）就有一位永生聖人馬可安蒂雅（Markandeya）講述他如何在宇宙滅亡的火災和水災中倖存下來，後來驚懼的飄蕩在無邊暗黑的宇宙海上。一天，他看見巨大菩提樹從水中浮出，伸展的枝幹上坐著一個發出亮光的小孩──他正是偉大的毗濕奴神。小孩給力竭的老人提供了庇護；他張開嘴巴，裡面是整個宇宙和所有在上個輪迴中消亡的生靈，正等待下一個創世的到來。馬可安蒂雅進到了他的肚子裡。

就跟真實存在的大菩提一樣，電影中的菩提樹意象也以同樣的方式伸展、扎根；從電影初始，青澀的 Pi 在市場外跟蹤下課後阿南蒂的地方，到結尾的神秘島皆然，而神秘島的浮現，更懷有毗濕奴神徜徉在宇宙海的象徵意涵。（部分的島嶼菩提樹場面於台灣拍攝。）

上圖：繪者不明。河邊的巨大菩提樹一景。約為一八二五年作品，印度。

左圖：繪者不明。聖人馬可安蒂雅之見。一七七五年至一八〇〇年。喜瑪偕爾邦，印度。

右圖：蘇瑞吉・沙瑪置身在菩提樹中。菩提樹為島上背景。

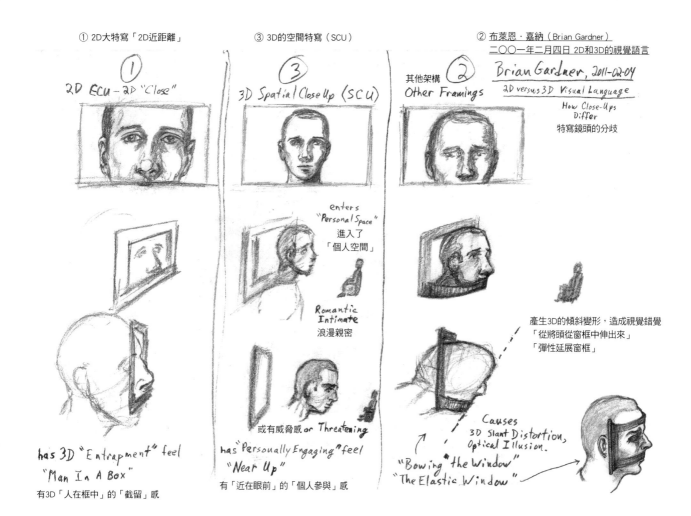

另一個次元：3D 乾坤

電影發展階段中的一個棘手難題就是導演要採 3D 拍攝，這也是李安導演的首部 3D 電影。早在徹底熟悉新科技的各種層面之前，李安就已決定要將電影拍成 3D。於是，李安開始了學習 3D 製作與後製的漫長旅程。李安指出：「我們所受的訓練都是 2D 的，拍電影的困難點就在於跳脫 2D 思考框架。」而所謂的 3D 思維其實是非常難捉摸的。

3D 的討論很容易流於技術性；但從觀眾的視角出發，電影工作者能在兩個主要效果上施展。第一個是深度，這有賴左右攝影機之間的距離。這取決於實景拍攝的過程：攝影機間的距離越大，影像就顯得越深。攝影師克勞帝歐·莫藍達（Claudio Miranda，《班傑明的奇幻旅程》攝影）解釋：「3D 拍攝能帶給你一種飽滿的感覺，

顯得很有活力。或者也可以玩得低調一點」——就是縮小攝影機間的距離，產生一個比較平的影像。在拍攝《Pi》的這幾年，李安注意到 3D 電影拍攝的一個整體變化——從保守景深到「超級大」，就是使用深景來拍攝製造出更多銀幕前的「匯聚」。

匯聚，是 3D 的第二個效果，這和物品在眼前的聚焦位置有關；在現實生活中，這個效果能夠幫助人測出距離的遠近，而在 3D，這指的是觀眾眼中物象和銀幕之間的距離遠近。事實上，當燈光一暗，戴著 3D 眼鏡，觀眾很容易忘了這種非比尋常的效果；結果忽然間，眼前出現了一個大洞，取代了銀幕，觀眾就像是面對著一扇窗戶一般。窗戶「後」的東西好像要把觀眾拉進去，而窗框「前」的景象看來就像是在眼前。後者傳統上被用來展現劇烈的情境，但李安卻認為並不一定得如此。

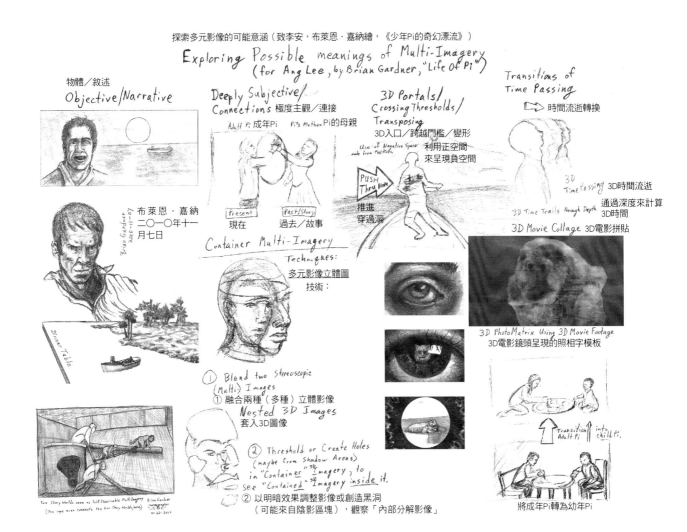

李安找來了立體攝影師布萊恩·嘉納（曾監製 3D 動畫片《第十四道門》）協助拍片，希望藉由嘉納新奇又縝密的想法激發他對陌生媒介的一些看法。在電影發展階段，只要一談到 3D，我幾乎感覺李安像個畫家，試圖掌握未曾接觸過的物品的有形精髓。李安描述了他的想法：「這是個分階段的歷程。一開始，我以為 3D 就像立體雕塑，但後來發現不然。」有段時間，3D 在導演的假想中就如同一個主導模式；電影銀幕就是一種舞台劇，由許多組的平面搭配上舞台平面，而不同事物在這些不同平面上發揮，依據觀眾所關注的焦點是什麼而帶給每個觀眾多元視覺的可能。

最後的關鍵不在於採用何種 3D 拍攝手法，而是讓 3D 拍攝為電影服務，將具體視覺需求呈現出來。李安在《Pi》中運用 3D 的目的是要達到表現效果和戲劇張力，而非僅僅只是讓觀眾沉浸在 3D 的大場面中。李安強調：「3D 應該被運用，就像我們運用其他電影語言那樣。」如果電影中從頭到尾都是強烈的 3D 畫面，那麼一旦眼睛習慣了這個畫面，3D 的效果就顯得平淡無奇了，更遑論戲劇力度也會隨之消失。戲劇力度有所發揮的情況應該是謹慎的將 3D 運用拉至最弱，然後在合適的時機讓 3D 一躍而至銀幕前。立體攝影師嘉納總結：「在適當時機運用 3D，戲劇效果會加倍。當你已經習慣又平又淺的視覺效果，幾乎忘記 3D 這一回事時，忽然間，『砰』！出現了！人們會驚呼出聲。」

對頁上圖：立體攝影師布萊恩·嘉納提供的素描，比較 2D 與 3D 特寫差異。

上圖：探索多元影像，嘉納的理論素描。

這裡舉兩個例子說明 3D 如何被調節運用至奇桑號沉船的初始連續鏡頭中。一開始拉開序幕的是奇桑號在大風大浪中前進的遠景（完全是電腦繪製）；使用很深的鏡頭，原因在於，若從遠處觀景，即便是親臨現場，深度感也會消失。李安的御用剪接師提姆·史奎爾（Tim Squyres）指出：「若要讓這樣的鏡頭產生一點深度，角度要非常廣。」現在切換至下一個鏡頭，Pi 沉睡臉龐的特寫鏡頭。不安的隆隆聲喚醒了他。剪接師表示這是一個「很深的鏡頭」，對於密閉空間中的一個臉部特寫來說，這個鏡頭深得不尋常，一般預期會是以相對上較淺的鏡頭拍攝。李安不按照預期的方式，藉由運用比奇桑號遠景還深的鏡頭來特寫 Pi 的睡顏，而將貨輪和男孩的命運連繫在一起。他說明：「這是個壞預兆，也是故事的開端。」

第二個例子緊接著出現。Pi 叫醒哥哥未果後獨自離開房間到甲板上。他走在廊道時匯聚效果出現在銀幕表面，影像也相對平面，幾乎是 2D 感覺。接著 Pi 打開了門，然後史奎爾發出驚嘆：「嘩！牆壁就在你眼前！」在鏡頭中段，深度加到極大，鏡頭直接分開，好像在拍景一樣，然後在後製中就能輕易的將匯聚感帶到史奎爾所稱的

「無窮大」，如此一來不只「Pi 在銀幕前」、「所有東西都在銀幕前」。這種效果逼真得讓人暈眩：觀眾好像實際感受到強風吹襲，或許甚至下意識知道貨輪會出事。這個正是（也應該是）在對的時間運用 3D 所得到的「效果加倍」的經典例子。

但拍了一段時間後，李安和剪接師發現應該很壯觀的 3D 場面並不是每次都能產生效果。提姆·史奎爾提到：「有種很奇妙的情況是，單獨看時會發出『哇』的讚嘆聲，但是播放整段影片的時候卻感覺這段平淡無奇，只會蹦出『喔，這樣』的評論。處理 3D 場面是很主觀、很心理的，必須很小心。」他接著說：「這取決於兩點，第一點是 3D 場面的前後畫面，第二點則是觀眾的感受。」

由於缺乏水平移動和封閉空間，《Pi》中奇桑號後段的海上場景就沒辦法呈現傳統 3D 場面，因此產生了一個問題：既然如此，為什麼要大費周章把《Pi》這種故事拍成 3D？答案就在水上。李安和克勞帝歐·莫藍達（前部 3D 電影拍攝經驗是《創·光速戰記》）一開始做了試驗，利用 3D 拍攝一艘載著老虎娃娃的船從加州威尼斯碼頭出發。莫藍達回憶：「李安看到了之後驚呼：『哇！電影就是要拍成這樣。真的可以感覺

左圖：一個關鍵時刻，李安近距離看蘇瑞吉·沙瑪表演。

對頁上圖：測定3D攝影機的距離，確保左右眼在適當的直線水平上，這是精密儀器繁瑣設定的一部分。

到水就在你眼前。』」

製片大衛·沃馬克（David Womark）進一步補充：「這跟你所見過的水都不一樣。它真的有實體感。這是一大突破，讓觀眾有更高的參與感、與劇中人物一同展開旅程，因為『你就在水上』。」

「不用創造出虛假的大浪來吸引觀眾，普通的風浪就足以攫住觀眾的視線；3D 打造出來的風浪不大但卻真實，看電影時觀眾能感受到與主角相同的絕望感，隨著海浪漂流起伏。反之，就算有七十公尺高的大浪，如果不能帶給觀眾身歷其境的感覺，甚至讓觀眾察覺到自己在『看電影』，都是枉然。」李安這麼描述。

其他 3D 試驗拍攝也讓李安和劇組感受到 3D 的魅力。不單單只是水的真實感，李安解釋：「3D 呈現更多精緻的細節。觀眾可以感受到海的深度，影像也更耐看。」另一個很好的例子是沃馬克所稱的「3D 科技的前期運用」。在預拍攝時會運用一種電腦動畫製造出特效影片，大致擬出連續鏡頭，但同時保有高解析度和準確度，並且把燈光效果、不同攝影鏡頭、運鏡、角度等納進來。有一個鏡頭是 Pi 坐在筏上望向救生艇；這是一個再簡單不過的過肩鏡頭，沃馬克說明：「在 3D 拍攝中，李安發現把 Pi 從銀幕拉出來一點」──意即離觀眾近一點，那麼「過肩鏡頭和主觀鏡頭就會合二為一，觀眾的眼睛能夠自行選擇切入點。」換句話說，在 3D 視界，單一鏡頭能同時表達客觀與主觀視角。為了讓觀眾置身於視覺細節中，李安改變

了拍攝方式──從運鏡轉向中長鏡。

另一方面，3D 的特性也回過頭來影響李安對《Pi》中演員的演出要求。他表示：「大多數的時候表演必須更細膩，因為銀幕呈現出來的會更多。」在拍攝階段，導演有時會用一般的 2D 螢幕來仔細觀察演員在特定場景中的表現，不過如果轉回 3D 重看一遍，導演會要求演員重新來過，「演得收斂一點。」他補充：「對我來說，這樣能夠注意到更多細節。我也相信會有越來越多人使用 3D 來表現戲劇張力。」

尋找合適水流：推進 Pi 的旅程

李安和馬季在合作一開始就為電影定下講故事的框架，然後在印度的第一幕，即 Pi 的童年和青春期，則建構在研究細節和想法的堆疊上，來呈現故事的視覺結構和戲劇深度。此舉是為電影的主要內容──一個男孩、一艘船和一隻老虎的漫長旅程──鋪路，但同時這也是需要另外處理的部分。在運用元素與對話機會有限的情形下，李安必須大量倚賴視覺語言來說故事。馬季在這裡的任務是為 Pi 的旅程撐起一個電影的宏觀敘事框架：「我們把焦點放在 Pi、考驗和老虎的關係這三、四條發展主線上，如此一來電影就能在免去過多旁白的情況下傳遞更大的敘事力量。」

馬季的另一個重責大任是將船難具體描述出來，例如：感受的描寫。待在一公尺半的充氣筏上，什麼也沒有，只有一層薄薄的橡膠在筏的底部，阻隔從冰冷海底竄出的鯊魚群飢餓的衝撞攻擊；或是在離岸邊七百多公里遠的海上、距脫水死亡只剩幾天的光陰；或是漂流在海中央的絕望孤寂感……

這已經不是《Pi》了，而是人生經驗──史蒂芬·卡拉漢（Steven Callahan）的瀕死經歷。卡拉漢的回憶錄──《漂流：我一個人在海上76 天》深刻記錄了這段歷程。一九八二年二月四日，身為造船工程師、發明家，同時也是資深船員的卡拉漢，獨自一人駕著自製六公尺半的單

左圖：Pi登陸墨西哥沿岸的分鏡表。實際拍攝地點在台灣墾丁。

左下圖：史蒂芬‧卡拉漢和李安在拍片現場。

對頁圖：即使只是粗略的預拍攝圖，仍可見3D栩栩如生的效果。Pi在嚇唬鬃狗時，老虎理查‧帕克冷不防從防水布下一竄而出。

桅帆船從加納利群島出發，要航向安地卡，但某個晚上遇到暴風雨，加上鯨魚的撞擊（卡拉漢推測），船隻損壞而沉船了。大部分的補給品也隨船隻下沉，卡拉漢面對的是長達兩個半月漂流在大西洋上的生活。在被沖上法屬西印度群島的海灘前，卡拉漢在小橡皮艇上不停苦思活下來與保持清醒的策略。

　　卡拉漢的兩個經驗——船難存活的基本要領和伴隨而來的精神升華都是電影在發展階段初期的無價之寶。在大衛‧馬季和李安開始著手寫劇

本時馬季拜訪了很多人，卡拉漢就是最初的受訪者之一。馬季略帶調侃的說：「李安想得太美好，他要史蒂芬把我們帶到救生筏上，然後把我們丟在海上幾個小時——就我們兩個。」

　　卡拉漢最後安排了一個比較實際的一日體驗，讓李安和馬季兩人搭著近七公尺的單桅帆船從緬因州海岸出發。雖然沒有親身經歷海上受難記，但有足夠的浪潮和「糟透了」的天氣幫助馬季寫劇本。馬季承認：「這個體驗激發了我的靈感，讓我寫出迷失在海上的恐懼感。」

　　「他們渾身濕透了，但沒有因此退縮，讓我留下了印象。」卡拉漢說道。對這位緬因船員來說，與知名導演的午後邂逅的確是個愉快的回憶：「他們問了各式各樣的問題。我想大概就是這樣了。」

　　結果，才不止這樣。當《Pi》啟航後的數個月，從前製到拍攝，卡拉漢第二度加入計劃。卡拉漢除了帶來航行與生存的細節知識，還有與大海共存的生命經驗，他深刻的認識海性與多變之海象。這在電影中的重要性不言自明，因為它給了電影較大的視角——海洋在《Pi》中說是第三個要角也不為過。

海洋發展成一個角色有部分原因是電影媒介的視覺本質功能；電影不像小說般能讓 Pi 鉅細靡遺的描述想法、感覺，因此他所置身的海景或多或少就必須彌補這個缺憾、成為 Pi 精神情感狀態的間接表達。另一方面，就某種程度而言這也是以水為背景的電影在科技上的一大突破；拍攝的每一個環節都要經過縝密規劃，這一開始的確和李安所習慣的拍攝手法大相徑庭，但卻是賦予海洋生命的必要手段。

李安拍電影時總是不習慣依賴分鏡表。即使像《臥虎藏龍》這麼複雜的電影他也秉持著「看看拍出來的效果怎麼樣」的信念。他解釋像亞佛烈德·希區考克（Alfred Hitchcock）在拍電影前要確認所有鏡頭細節，但他「只有在剪接桌上才決定要怎麼剪、怎麼去蕪存菁」。他過去拍電影的經驗是，即便使用分鏡表，最多也是給美術部或特效部當做參考而已。

若是萬不得已要使用分鏡表，也是用在《Pi》中較少效果的場景上。導演認為在印度的拍攝就沒有必要做預拍攝。他指出：「這是比較傳統的拍攝方式；我做了萬全準備，電影已經在我腦中拍好了。」誠如導演所言，在首次造訪印度的數個月後，導演還能從數千張慕那爾茶園的快照中毫不含糊的描述出他要什麼樣的景。

即便導演有自己的拍片風格，他在電影拍攝上對科技的運用卻也顯得十分包容。二〇〇三年的電影《綠巨人浩克》就促使他正視科技運用的需求，「我將這些電影影像在腦海中描繪出來。我是一個受正規戲劇訓練的人，雖然不喜歡這麼做，但對我來說這卻是一個很好的練習，它的確開拓了我的視界。」但是當時的預拍攝經驗卻是緩慢又繁瑣，因此未能讓李安留下深刻的印象。

但六年後，科技的大幅進步讓李安重新擁抱了這項技術。製片大衛·沃馬克用了一個跟水有關的，在討論《Pi》時很常使用的譬喻來描述導演：「他簡直是悠游在泳池中不想離開了」。於是，李安與海隆公司（為《阿凡達》做預拍攝之公司）的小型藝術團隊合作，做了一支七十五分鐘的動畫，涵蓋了所有 Pi 海上歷程的鏡頭，從奇桑號沉船到 Pi 離開神秘島。其中幾個主要片段甚至以 3D 呈現，藉以測試效果。

預拍攝的過程讓李安能夠將漂流之旅的場景

一個一個安排出來,像是水、浪、風甚至是天氣等。要正式拍攝時,再把每個場景中的個別鏡頭列印出來,而預拍攝就回歸到平面的分鏡表上,做為每日拍攝的參考工具。

在外行人看來,《Pi》的預拍攝可能有點像古早的電玩畫面:面無表情的 Pi 看起來就像玩具模型,而理查·帕克則像個生氣的老虎木偶。不過即便電影的靈魂還沒成型,軀體的各個部分卻已經就位,這樣的呈現已堪稱完整,甚至只多不少。在奇桑號沉船的那一幕裡,逼真的傾覆、凌亂的步伐、暴風雨悍然的侵襲,在在讓觀眾如

同親身感受到雷電交劈一樣,即使中間橫亙著距離,但強而有力的震撼感仍帶著身歷其境的真實。有了這些畫面,距離真正的電影拍攝也不遠了;在看過一系列的細節堆疊後,福斯公司批准了電影製作。在二〇一〇年八月,《Pi》從發展階段邁入前製階段,而這也意味著要從紐約前進台灣了。

下圖:在系列插圖中,Pi 先從水下親眼目睹奇桑號沉船(上),幾分鐘後視角換到了救生艇上(下)。

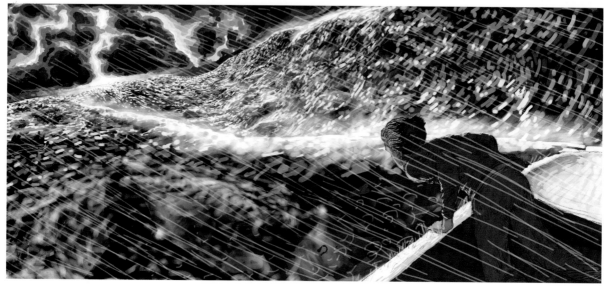

島嶼意象：艾利克西斯‧洛克曼作品選輯

　　李安自印度的勘景之旅回來後，即開始思索如何將搜集來的材料化為清楚的視覺影像。對於電影拍攝來說，島嶼的連續鏡頭絕對是小說外的一大挑戰──如何將書面文字栩栩如生的呈現在銀幕上。超現實移動的島嶼上群居著狐獴和食人植物等細節讓李安萌生了一個想法，或許請外面的人協助會有意想不到的好效果。

　　結果藝術家艾利克西斯‧洛克曼（Alexis Rockman）成了這項任務的最佳人選。洛克曼在繪畫生涯中畫過比《Pi》中的神祕島更奇怪的景色。他帶來了他的研究調查、不同風格的畫法、全景畫、自然史與滅亡並置的畫作（洛克曼最出名的作品應該是壁畫「昭昭天命」〔Manifest Destiny，創作於二〇〇三年到二〇〇四年〕，在布魯克林博物館首度亮相展出。畫作描繪的是紐約城水下絢爛火紅的後文明景象。）

　　洛克曼的作品是二〇一〇年史密森尼美國藝術博物館「艾利克西斯‧洛克曼：明日寓言」畫展的主要回顧，但洛克曼表示他會踏上畫家一途其實純屬意外；他小時候非常著迷電影中的特效，「我在想一些電影像是《金剛》之類的是怎麼拍成的時候，發現繪畫是撐起這些特效的梁柱，這些電影的根源就在於繪畫這個藝術史傳統中。」所以「藝術家」成了他的正職，但一張洛克曼與停格動畫大師雷‧哈利豪森（Ray Harryhausen）出遊的合照在洛克曼的工作室中卻佔了極醒目的位置，洛克曼解釋：「每次我到亞馬遜叢林去探險、找尋真正的動物時，總是暗自遺憾這些動物和《金剛》裡骷髏島上的一點也不像。」

　　洛克曼的這種背景想法正好與迷戀於特效的李安還有美術指導大衛‧葛羅曼（David Gropman）一拍即合。洛克曼協助他們畫出了神秘島嶼。他也用自己的畫風將日前在塔斯梅尼亞島和馬達加斯加島的遊歷融入畫作中。他回憶：「我記得自己艱難的徒步在雨林中、望著這些樹根時老是想著《Pi》的神祕島。」

上圖：島嶼上的樹根研究。

右圖：島嶼的輪廓，旁邊繪有人形做為參照比例（除了另行標註者，所有作品皆為水彩水墨畫）。

第42-43頁圖，畫作從左上圖依順時鐘排序分別是：「昭昭天命」，長七點多公尺、寬兩公尺多的洛克曼壁畫，描繪的是布魯克林地底的瀕水區（油畫和壓克力畫）；Pi徜徉在島上的其中一窪水潭；島嶼全景，島上有不同物種緊緊相依，但並未被拍到電影中；島上的水潭在夜晚發出詭異的生物體螢光。

2 啟航：前製階段

「**不**要忘了這只是一個男孩在一艘船上，很簡單的。」這個出現在製作團隊廚房旁的標語，大概是影片拍攝後期馬疲人倦，因此出現的一則勉勵笑話。雖然《Pi》說到底的確就是「一個男孩在一艘船上」的故事，但這樣簡單的說法卻忽略了電影背後奇妙複雜的科技運用，而科技正是將小說故事搬上銀幕的一大功臣，包括了一個為電影特別訂做的巨大造浪池和造浪池旁的尖端攝影器材，當然還有數百名優秀的劇組人員。

但換個角度看，這則標語陳述出電影事實的另一面：電影中的印度部分結束後，的確只剩「一個男孩在一艘船上」的一人陣容。電影重心像個倒三角──在一個點上找尋平衡，總是必須將吃重的部分放到一位年輕無名演員的瘦弱雙肩上。前製階段一開始遇到的最大挑戰就是將這名男孩找出來。正如製片大衛‧沃馬克引用的老派好萊塢名言所述：「沒有他，就沒有這部電影。」

上山下海：尋找「Pi」

選角指導艾薇‧考夫曼（Avy Kaufman，參與過《靈異第六感》、《神鬼認證：最後通牒》和《斷背山》等片選角）和同事在印度花了好幾個月的時間、翻遍廣袤的大陸就為了尋找合適人選飾演Pi；搜尋範圍從好萊塢、印度電視節目、各個學校到街頭路人。最後脫穎而出的是一名新

要求

演員會經過一連串的嚴格訓練，包括表演、游泳、擊鼓、動作和語言訓練。演員在電影中必須使用帶印度腔的英語、法語、坦米爾語以及小段的阿拉伯語（可蘭經）和梵語。演員要能扮演一個六、七〇年代介於男孩與男人間的南印度少年，不顯露現代流行文化的痕跡。

德里中學的十六歲學生——蘇瑞吉‧沙瑪。蘇瑞吉‧沙瑪的雙眼富含靈魂，微笑很自在。考夫曼的工作夥伴曾經和沙瑪的弟弟——一位頗有抱負的演員——合作過，他舉薦了沙瑪參加試鏡。由於沙瑪沒有受過專業的演員訓練，一開始他對這項提議頗為躊躇：「我不想因為不知道該怎麼做而在大家面前丟臉。」但也承認試鏡「沒有想像中那麼難」，他完成了為期半年的四輪選拔。在經過層層篩選，從數千名選手刷到只剩二十二人後，沙瑪依然屹立其中。考夫曼說：「他就是有種很獨特的魅力。」；製片沃馬克這麼描述沙瑪：「他有種魔力能夠演出每個鏡頭。我想李安應該會說：『要不，把戴眼鏡的小伙子也放進來吧。』」

試鏡的最後一關讓沙瑪如坐針氈。沙瑪描述在孟買時，自己在導演面前試演的心情：「我緊張的無以復加，但李安開始說話了。你知道的，他有種魔力；當他一開口說話，整個世界瞬間平靜無聲。」沙瑪在空中輕輕的比了一個安靜的手勢。

第44-45頁圖：國王飾演理查‧帕克。背景為電腦繪製的廟宇建築和菩提樹以及為「復古」動物園設計的異國風裝飾蓮花池。對頁圖：繪者不明。人和老虎的拼合畫。蒙兀兒王朝晚期。一七五〇年至一八〇〇年。印度。圖畫中的人和老虎互相交融，身上都有彼此的某些部分。

沃馬克回憶：「一聽到蘇瑞吉讀劇本的聲音，李安就驚喜萬分。」沙瑪讀的是 Pi 敘述第二個故事時的獨白，也就是沒有動物的結局。李安注意到他未經修飾的情緒泉湧而出；對於一個從未演過戲，或之前從未想過演戲的少年來說，這樣深不可量的情緒非常難得。李安和沃馬克播放沙瑪的錄音檔給工作室的執行組聽時，沃馬克形容「那一刻非常神奇，所有人都異口同聲表示：『就是他了』。」

儘管一部好萊塢片繫在沙瑪身上，沙瑪的雙親（兩人皆為教授）卻十分擔憂兒子的教育會因此擱置。考夫曼以母親對母親的身份與夏拉雅·沙瑪（Shailaja Sharma）懇談，分析參與拍片的機會和風險，但最後卻是傳統印度祈福儀式——在人生中重要轉折時刻所做的祈福儀式，確確實實說服了沙瑪的母親。

印度上師和門徒：祈福儀式

就在沙瑪要啟程前往台灣進行拍攝之前，沙瑪的母親找來艾薇·考夫曼、大衛·沃馬克和李安齊聚在孟買泰姬飯店內李安的房間。在房間裡，夏拉雅弄了張桌子，上面放上熏香、披巾、小小的黃色車前草、帶香氣的茗葉還有其他供品等。夏拉雅·沙瑪解釋：「蘇瑞吉就要跟李安開啟一段非常重要的旅程，我們想為李安祈福，獻上祝福、尊敬、愛與奉獻。」

考夫曼回憶起這個過程：「夏拉雅唸了禱詞，接著點燃熏香。然後她將漂亮的披巾披在李安身上、送上一句祝福。接下來蘇瑞吉跪在李安腳邊，輕觸他的雙腳。」

蘇瑞吉的母親說明：「蘇瑞吉的祖母指示蘇瑞吉匍匐在李安腳邊，奉他為上師，因為李安即將以全新的方法訓練他、教育他。」那條漂亮披巾就是呈給上師的禮物——另一種束脩。她繼續說道：「在我們心中，這個祈福儀式對蘇瑞吉來說非常重要。這個儀式為他灌輸一個觀念，讓他在與李安和劇組相處時秉持正確態度，並且為他和李安在接下來九個月的互動打好基礎。這個儀式帶給我們前所未有的安心感和無上的喜悅。」

雖然尊師重道也是李安成長文化背景的一部分，但祈福儀式卻讓他百感交集，他表示：「我本來並無意成為這種上師，但隨著儀式的進行，我被它說服了。我必須嚴肅看待這件事。對我這種人來說，這是一個沉重的負擔。拜師不僅僅只是讓一個人跪在另一個人腳邊這麼簡單；必須經過很多測試老師才會收學生，老師不只要測學生能力，更看重學生品行、看重學生個人。而且這個選擇是雙向的，不是單向的。」李安提及儒家傳統：「這意味著我必須是個正直磊落的老師才能收蘇瑞吉為學生，而不只是讓蘇瑞吉服從我的指示。我必須配當一個老師。」李安想到這裡露出了一抹微笑。

尋找理查·帕克

尋找理查·帕克也同樣是充滿神性的過程。為了找尋合適的老虎，李安找上馴獸師堤利·勒波堤耶（Thierry Le Portier）。勒波堤耶馴養的很多動物都曾在電影中亮相，包括雷利·史考特的《神鬼戰士》和尚賈克·阿諾的《雙虎奇緣》

左圖：李安以書法寫下中國字「王」。

對頁圖：國王的「大頭照」。

第50-51頁圖：老虎跳水：國王一躍入水。

等。李安前往法國西南部造訪勒波堤耶的莊園，莊園裡豢養了大貓、鬣狗、狼等。參觀完勒波堤耶的動物園後，兩人坐下來開始談正事，但李安一開口的兩個問題就嚇到了堤利·勒波堤耶，第一個問題是問他是否相信神的存在，第二個問題是他為什麼走上馴獸師一途。這兩個問題為接下來的討論揭開了長長的序幕，兩人從馴虎、電影拍攝談到生與死還有其中的意義。

當然選角並不始於這些深遠的哲學問題。堤利·勒波堤耶寄了一組不同的老虎臉部特寫照給李安，就像一般的選角過程一樣。其中一張照片立刻吸引住導演的目光——一隻大貓在李安眼前展現了真正的王者風範，牠還有個威風凜凜的名字與之搭配——國王（King）。這隻大貓寬闊額頭上的粗黑線條與中國字「王」非常相似，發現

了這個小細節讓李安很高興。勒波堤耶並不懂中文，將這隻老虎取名為國王的原因在於牠所展現的王者風範——在幼虎時即顯露無遺。無論如何，國王額頭的「王」字的確征服了李安；導演找到了他心目中的「虎王」。勒波堤耶補充：「國王是最漂亮的那隻。」

國王扮演理查·帕克，以兩種方式來扮演。首先，是做為片中的演員。國王和其他三隻老虎（兩隻來自勒波堤耶，另一隻來自其他馴獸師）在特定場景中表演，例如跳水、重擊、猛衝、咆哮等。這些動作有的被剪進影片中，有的做為數位繪製版的老虎動作根據。其次，以國王的體態、花紋為依據來當作理查·帕克的主要形象。即使銀幕上為純數位繪製老虎，也是以國王為範本繪製的。

在電影早期籌備階段即確定了數位繪製版和動態鏡頭的並行。除了以真實的老虎做為數位繪製版的基礎外，兩者的前後剪接也成了技術上的一大難題，但這是製作團隊特意為之的結果；製作團隊企圖將標準拉到一個高標，以確保圍繞著信仰問題展開的故事能夠寫實呈現。同樣的效果也用在數位繪製的鬃狗上；製作團隊向勒波堤耶借來一隻鬃狗當作銀幕上鬃狗的原型。

對李安來說，只要談到與理查·帕克角色相關的動物或事件，整個選角過程（選擇國王和勒波堤耶的其他兩隻老虎與鬃狗）其實就延伸到聘請馴獸師上，因為馴獸師在這邊扮演的也是「上師」的角色——實際上提供了重要意見，因此李安才會對勒波堤耶提出前面的兩個問題——是否信相信上帝以及為何選擇馴獸師做為職業。針對第一個問題，勒波堤耶的回答是雖然他信奉天主教，但卻不是一

個虔誠的教徒，因此他沒有任何答案。關於後者，他答覆：「答案很簡單也很複雜，我有很多成為馴獸師的理由，但我不認為我找得到真正的答案。跟動物一起工作中有一種很深奧的東西，尤其是跟這些大貓。在工作的背後總是有些微小事物讓你想到生與死，或許還有神。我不是很清楚，就是有一種感覺，而這個感覺從我初踏入這個行業時就揮之不去，就好像天啟一般。」這或許就是李安在與老虎馴獸師的談話中所找尋的一種東西——一種人與動物之間靈性層次的領會。

雖然背景迥異，但馴獸師被導演身上的一種熟悉感給打動了：「李安跟我說他拍電影的理由就跟我選擇養獅子老虎、和動物一起工作一樣。他能給出一千個理由，但沒有一個解釋會是圓滿的。」

原本行程上預定是參訪堤利・勒波堤耶動物園一天，最後停留超過了三天，李安在這段時間與馴獸師一點一點對劇本。大衛・沃馬克提到：「堤利同樣有種神奇魔力；你跟他說了之後，故事就會在你眼前真實上演。」

堤利・勒波堤耶在前製階段飛到台灣，花了一些時間針對劇本和預拍攝提出更多意見（他也在後製的數位老虎繪製上提供寶貴的建議）。他提出的建議不管是實際的或是動物行為層面的，都對理查・帕克在銀幕上的動作或與 Pi 的互動多有助益。馴獸師坦承自己一開始就對這部小說與劇本描繪動物的方式頗具好感，畢竟他大半的時間都花在與動物工作上。「我發現這些（小說的）觀察很入微。」他舉了一個理查・帕克的例子說明小說是如何描述老虎利用防水布下的隱蔽空間當作埋伏點以觀察並控制全局。

有勒波堤耶這個專家從旁協助，讓銀幕上的動物形象能夠精準真實。有關老虎本質的爭論是小說中 Pi 與理查・帕克關係的核心，而將這樣的人虎互動如實的搬到電影中是李安的堅持。通過對 Pi 的故事認同和 3D 科技的協助，李安讓觀眾近距離接觸自然界中最令人敬畏的動物之一。Pi 與老虎令人緊張的近距離接觸，使電影在視覺和哲學上的效果一拍即合，近距離延展了老虎這一角色的內涵深度，使 Pi 能前所未有的接近自然本身神秘的本質。

登陸台中

在李安拜訪勒波堤耶不久後，大部分的核心劇組人員即飛往台灣台中開始電影前製。在台中市郊老舊閒置的機場裡，製作團隊辦公室、攝影棚還有最先進的水浪設施等都已就定位。

一開始進行場地勘察時，水湳機場給人一種很奇怪的違和感。隆隆作響的飛機起降聲被一片死寂取代，只餘下慢跑者跑在荒草蔓生的跑道上發出的喘氣聲偶爾劃破寂靜。航廈已成了充滿憂鬱氣息的廢墟，只餘下褪色的海報和灰塵遍佈的招牌，還有經年未清的犬隻排泄物。

對於一部龐大製作的電影來說，這樣的場地稱不上理想——台灣一開始並不是製作團隊最屬意的拍攝地點。雖然台灣的確有獨立製片的佳作（例如侯孝賢導演的《悲情城市》等），但自一九六六年史提夫·麥昆執導的《聖保羅砲艇》在台拍攝之後，再無其他大製作電影選擇在台拍攝；台灣缺乏的是製拍大片的經驗。

不過《Pi》所面臨的技術困難卻讓全片在好萊塢拍攝難以伸展。其他考慮地點如西班牙、澳洲等最後也未能出線。台灣（特別是來自台灣新聞局的鼎力支持。新聞局曾協拍李安電影生涯的前三部電影，李安表示新聞局「開啟了我的事業」）在此時釋出熱烈的協助善意，要幫助揚名奧斯卡的台灣之光——李安拍片，全片的拍攝計劃因此得以「禮成下水」。

台灣政府提供了場地，加上特意的整頓，水湳機場煥然一新，成為理想的拍片地點。機場位於台灣中部，有近大城市的便利又少了交通堵塞的不便。機場空蕩的停機坪被移做攝影棚、工作部還有大型斑紋花貓的豢養園以供使用。航廈供辦公室之用後還餘下許多空間。最棒的是後方無盡延伸的機場起降柏油跑道，讓嶄新先進的巨大造浪池建地（一部雄心萬丈的「水電影」所必須具備的規模）不用向它處尋求。

大挖掘

在電影工業的行話中，「水電影」指的並非是某種特定的電影類型，而是指電影的拍攝變成一場災難：由於在海上、海中或是海底拍攝的高難度及不可測性，而導致預算超支，連進度都被拖下水。

這樣的難題到了《Pi》自然特別受到關注，因為水是《Pi》的主要元素——百分之七十五的故事劇本環繞海洋中的救生艇或筏子展開。太平洋非但不「太平」，甚至是詭譎多變的。將Pi的海上旅程拉到太平洋上拍攝既危險也不實際，導演必須打造一個萬無一失的環境，確保電影製作時一切都在掌握之中。這是《Pi》中造浪池的發想來源。

造浪池當然不是全新的概念，在《Pi》之前即有幾個為其他電影拍攝而建的特殊造浪池，但沒有一個能讓李安滿意。沃馬克記下一個最常見的問題就是「浴缸效果」——理應是茫茫大海上的浪卻有從旁邊「彈」回來的感覺，這是一般造浪池的局限性。另一方面李安也堅持避免「水電影」的風險——視覺單調；希區考克拍攝《救生艇》（一九九四年）時也面臨同樣的風險。希區考克努力讓每個鏡頭不重複、為整部片做分鏡

左圖和對頁上圖：空蕩蕩的停機坪前後對照圖；停機坪現在成了多功能場地，照片看到的是風聲機和救生艇。

對頁下圖：總統馬英九在一次參訪中操作了平衡環控制儀（平衡環控制電影中Pi的救生艇）。右邊是模擬水池，背後則是蒙特婁的內景設計。

開挖：一段延時攝影之旅

製片協調人助理喬許‧史密斯（Josh Smith）在台中機場航廈頂架設了一台攝影機，在三個半月的時間內以延時攝影紀錄整個造浪池工程。二〇一〇年十月舉行破土典禮，年底時環繞造浪池的貨櫃都已安排就緒。在二〇一一年一月的前三個禮拜，海浪生成機就已安裝妥當，同時間也完成了第一次的造浪測試。

表。沃馬克指出：「李安在開始做預拍攝的時候就確定要打造一個強大的視覺效果；我們看到的海象、光影和天氣都是千變萬化的。他想好了其中的細節。」

李安要的是一個能輕鬆精準控制風浪和光線的環境。他和工作團隊會晤了來自游泳池設備及設計公司（一間專做水上樂園、滑水道、競賽泳池，當然還有造浪池的公司）的羅伯特‧斯基亞維（Robert Schiavi）——造浪池專家。李安對浪的多方研究讓斯基亞維頗感驚訝。他回憶：「李安不斷提到他要的是『洶湧的浪濤』。」洶湧浪濤，也就是海中央的長浪生成需要經過造浪科技精密的數學計算，這遠遠超過現有的造浪池能力。

結果他們討論出一個長七十五公尺、寬三十公尺、深三公尺的巨型造浪池，此造浪池可容納

七百多萬公升的水。巨型造浪池有一排共十二個的潛水箱，潛水箱內配置造風機，造浪池的浪由這組造風機生成；用業界術語來說，造風機吹出來的風加起來有兩千匹馬力（斯基亞維表示這相當於一台越野吉普車、兩台賽車引擎、十三台轎車或四百台除草機的馬力）。若十二個造風機開到最大，能產生兩公尺高的大浪，加上媲美搖滾演唱會高達一百一十分貝的浪聲。

沃馬克對造浪池強大的馬力引以為豪：「這可是電影史上最大的造浪池」。

為電影訂做一個造浪池並不只在浪的力度，也求浪的準度——大範圍的水的結構、浪的尺寸以及形狀——一切關於浪的運動和情境。即便造浪池所呈現的結果叫人滿意，李安仍不時會同技術人員和顧問擺弄造風機，調整配置和馬力。

海浪分解圖

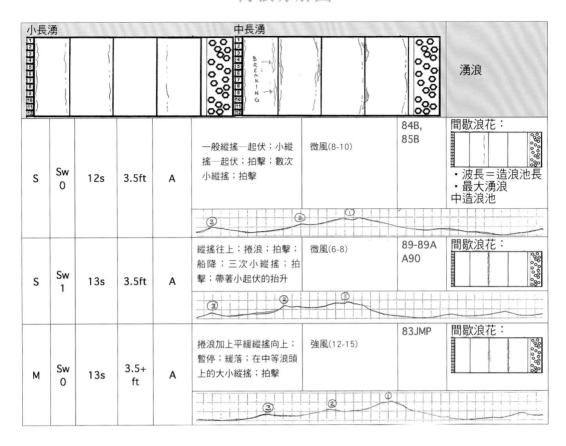

小長湧	中長湧							湧浪
S	Sw 0	12s	3.5ft	A	一般縱搖—起伏；小縱搖—起伏；拍擊；數次小縱搖；拍擊	微風(8-10)	84B, 85B	間歇浪花： ・波長＝造浪池長 ・最大湧浪中造浪池
S	Sw 1	13s	3.5ft	A	縱搖往上；捲浪；拍擊；船降；三次小縱搖；拍擊；帶著小起伏的抬升	微風(6-8)	89-89A A90	間歇浪花：
M	Sw 0	13s	3.5+ ft	A	捲浪加上平緩縱搖向上；暫停；緩落；在中等浪頭上的大小縱搖；拍擊	強風(12-15)	83JMP	間歇浪花：

上圖：造浪池效果圖示。不同參量（大小、間隔、高度、風力和其他因素）的草擬圖以及對船隻的影響。

左圖：造浪池俯視圖。呈十字交錯的金屬線用來支撐白絲與黑緞（控制拍攝時光影的大片布料）。

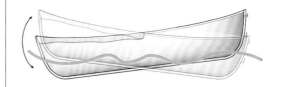

船隻運動

縱搖：從船隻浮心出發的船首船尾
上下搖晃運動（翹翹板）

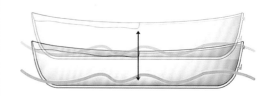

橫升：整艘船的上下搖晃運動，
跟著波浪作用升降（升降梯）

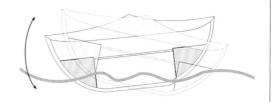

起伏：從船首到船尾的側邊搖晃運動（搖晃）

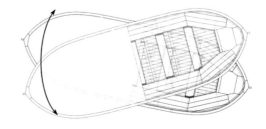

轉向：側邊運動，波浪作用將船隻推離原本
航線轉往另一個方向

造浪池能製造出八種不同的長浪：捲浪、裂浪、小菱浪、中菱浪、大菱浪、長湧、左斜浪和右斜浪。

造風機的使用配置決定生成的浪的種類；舉例而言，十二個造風機齊開能產生捲浪，製造出一致連續的波動，帶著和緩的上下起伏，捲浪很適合用來表現增強中的風勢。一旦進入颱風模式就需要大菱浪——十二個潛水箱依三六三配置啟動；六個池中與側邊的造風機交替吹、抽風，如此一來海面就會呈「V」字或菱形，波濤洶湧的巨浪由此而生。

造浪池造出的八種長浪還能有不同大小、間隔和高度之分，這些不同變量都會具體影響救生艇運動。為了在銀幕上呈現精確效果，不同的影響變量都被仔細記錄下來以進行造浪池研究和調整。下面舉個例子說明不同海浪如何影響船隻運動。一個長湧讓 Pi 的救生艇最開始呈縱向上下運動，接著浪濤打來，船隻被捲進浪裡，在上下輕晃三次後，最後以輕微搖晃起伏姿態重新升起於海面上。

雖然大家都急欲將造浪池不凡的成果展現出來，但僅有少數非劇組人員得以在拍片階段一飽眼福，因為造浪池由一百八十個貨櫃（由台灣船務公司長榮海運提供）組成的貨櫃牆環繞包圍，以五個一疊的方式組成，以阻絕颱風的侵襲和狗仔的窺伺。

上圖左：李安在一個鏡頭開拍前設計Pi的船隻運動。

上圖：暈船四連畫。救生艇運動圖示，用以輔助海浪效果的文字敘述。

造浪：神的風暴、人的衝擊

這些造浪池劇照說明了劇組拍攝時所用的不同水面景象。每一個場景中的風浪都有兩個意涵：首先是起實際客觀作用——推進支撐特定的銀幕活動；但同時也具主觀意識——將特定情緒反映出來。下面談到的大菱浪即代表「神的風暴」——Pi在旅程中二度遭遇的強勁風暴。毀滅性的風暴除了帶領男孩駛向新航道外，男孩內心的衝擊也藉由這場風暴表露無遺——男孩的情緒已到達了一個臨界點。

捲浪

中等壓力的捲浪擁有飽滿的浪尖與和緩的湧浪，能完美的建構出Pi的內心波動——在側邊搖晃與平穩之間的波動。圓潤水流的拍擊象徵Pi從首次驚天動地的大風暴中逐漸找回內心強大的一面，掌控他置身的環境。

大菱浪

大菱浪代表了波濤洶湧的海面。大菱浪生成時船隻有縱搖（翹翹板）和起伏（搖晃）運動，陣風時速達到每小時二十四至四十八公里。Pi的船隻與小筏需靠近潛水箱以收最大效果。造風機的壓力隨著風暴的不同階段逐漸增強（另以風雨生成機輔助）。雖然大菱浪的效果驚人，但仍主要用於船隻的運動參考；除了小船旁的大浪得以保留之外，《Pi》中的大風浪還是採數位繪製以彌補造浪池的侷限。

鏡畫水面

在一場冥想中，船隻漂流在清澈的海上，Pi在救生艇上的求生手冊一頁上寫下筆記。有趣的是，海中央如鏡面般平滑的寧靜效果卻非垂手可得。視覺特效總監比爾·威斯坦霍佛（Bill Westenhofer）坦言：「一旦海平面有丁點波動，就足以打破絲緞般的光滑（俯視造浪池），或者看不到藍幕特效。鏡面效果一出，反映的就是這個不完美的世界。」即便迥異於壯闊的滔天巨浪，《Pi》中安詳的鏡畫水面仍是採數位繪製的海平面鏡頭之一。

左圖:「溫馨天地」:
在造浪池拍攝了一段時間後,劇組人員也在旁邊打造出一個「家」。

下圖:在一次正式參觀中,李安、台中市長胡志強和總統馬英九被造浪池打上來的浪給濺濕了。

底圖:天氣忽然轉變,劇組人員忙著把絲幕收起——僅毫米的雨量對布料來說可重達一千七百多公斤。

　　參訪貴賓有總統馬英九和台中市長胡志強等人。貨櫃後來增加為原本的兩倍以應收納和不同部門的指揮所之用。到製片後期,大部分的拍攝都在造浪池內進行,劇組人員在拍攝的這幾個星期幾乎不曾離開過貨櫃半步,因此各個製作部門也開始想方設法打造一個更舒適的工作與生活環境——只不過混音師老朱跟工作人員弄得更華麗一些,他們在貨櫃後面打造了一個露台,製片吉爾·奈特將之取名為「溫馨天地」,還給工作人員準備了烤肉架。在台中的造浪池拍攝花了數個星期,為了提振劇組人員的士氣,奈特到好市多採買美味的點心,而副製片麥克·馬隆(Michael Malone)弄了一台濃縮咖啡行動車到拍片現場,副製作人李良山和製片會計總監喬伊絲·謝則引進台灣本土小吃攤,提供美食如水餃和新鮮的芒果剉冰等等。

　　造浪池第四面牆(面西)除了供大型器材進出之用,落日餘暉也能尋隙投入。但在多數情況下,由池頂灑下的日光跟池中的水一樣都在嚴格的控制內——大片布料(白綢和黑緞)分層佈置以模擬白天黑夜的光影呈現。

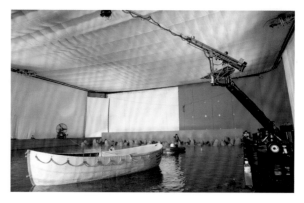

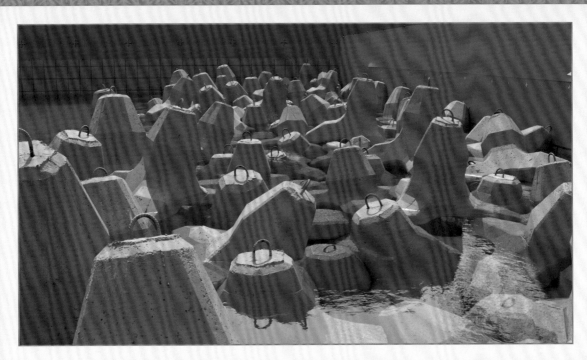

消波塊：Pi的另一個四腳朋友

　　造浪池西側、潛水箱對面聚集了數十個四腳混凝土怪，好像亂無章法的被棄置在一塊。任何一位海洋工程師或是日本沿海居民（熟悉海灘、淺海者）都能毫無障礙的辨認出這是消波塊。消波塊發明於一九五〇年代，用來保護海岸線不受浪潮侵蝕。消波塊放置在造浪池內的目的是為了分散海浪力量以避免波浪回彈產生可怕的「浴缸效果」。《Pi》剛好剩下許多消波塊（因為短胖的藍色身軀被劇組人員戲稱為「藍色小精靈」），就移到造浪池外做他用。由於消波塊的體積堅實，之前被用來鎮住西面的牆，其他的藍色小精靈最後被移到造浪池旁的雜草叢生地上，一眼望去竟有在放牧吃草的錯覺。

　　造浪池頂部纏繞的是一組呈十字交錯的金屬線，上頭裝備有「蜘蛛機」（大型 3D 攝影機吸附在金屬線上，能在造浪池中自由穿梭，類似足球比賽中的攝影機移動以捕捉球員動作）。搭配上升降機，這組金屬線讓劇組節省很多設置鏡頭的時間與人力。在水下，海運統籌瑞克‧希克斯（Rick Hicks）架設了一組網線（他直率的說這種低技術工作對他來說是「小菜一碟」），幫助控制船隻位置與運動。

　　最後，造浪池每一面都塗上了鮮豔的鉻藍色，好讓後製的特效能在銀幕上發揮，包括在層層巨浪中閃著金邊的暴風雲、倒映在清澈透明水面上的冷星點點、一群飛魚從海下竄湧而出⋯⋯海洋總是無邊無際的向四面八方伸展。這些特效最後讓造浪池消失在高科技中，觀眾看到的永遠是一望無際的大海而非有邊有界的造浪池。

《Pi》的設計呈現

首次造訪印度的美術指導大衛·葛羅曼利用印度的室內設計和建築風格打造動物園以及帕帖爾的住處，裡頭的內部設計以本地治里一棟實際屋舍的內部裝潢為依據——助理導演薩米爾·薩卡爾（Samir Sarkar）的家；薩卡爾還做了嚮導，帶領李安熟悉他的家鄉環境。

有趣的是，葛羅曼所受的傳統舞台設計訓練正好讓他能充分將 3D 表現玩轉於掌間。葛羅曼提到：「李安一開始就提醒我 3D 最重要的一個面向——把銀幕當作舞台。」李安和立體攝影師布萊恩·嘉納反覆討論一個問題：觀賞 3D 電影時，觀眾的眼睛傾向在哪裡停留？是停在細節或是事件上？（3D 電影和一般平面的 2D 電影不同之處在於 2D 電影會自動將觀眾的目光導向唯一視角。）3D 空間和劇場舞台多所雷同；劇場舞台上有多個平面，3D 空間則可分成一連串往後消逝的平面，在這些平面上，可能同時發生著不同的事件，或者單單呈現一個物體或場景。「我的確很認真在實踐 3D 舞台這個想法；設計了舞台、舞台兩側還有背景。」葛羅曼說明。

動物園

《Pi》中最具舞台設計感的當屬理查·帕克的展區了。這幾乎可以算是一個貨真價實的舞台場景；左右兩側搭建刻有印度神像的梁柱，背景繪圖取自十八世紀英國的印度風景畫，畫作前景則是電影裡具有象徵意義的菩提樹。

在完美的田園牧歌式壁畫（呼應 Pi 對童年的看法：「動物園即天堂」）的廟宇後面卻是殘酷的現實——一排冰冷鐵窗劃破如詩如畫的美景，餵食牢籠就在展區後方。動物園會在血腥的用餐時間將食肉動物隔離控制在生銹鐵條與堅固溝渠之後。

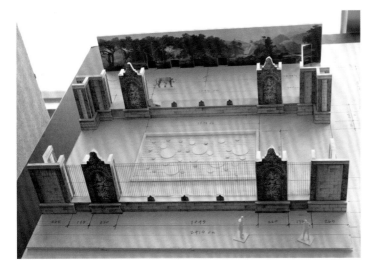

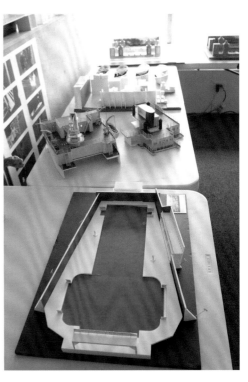

對頁圖：畫家：托馬斯·丹尼爾（Thomas Daniell），索恩河旁的印度神廟。一七九五年。印度巴哈爾。理查·帕克的展區以此圖為背景（見第44-45頁）。上圖：理查·帕克展區迷你模型。右圖：《Pi》的桌上模型，由前至後分別是皮辛·墨利多泳池、奇桑號、餵食牢籠、救生艇、兩組理查·帕克展區。下圖：美術指導大衛·葛羅曼和李安在小Pi的教室裡。

餵食牢籠一景（台灣和印度的動物園啟發了美術指導）——十二歲Pi的初幻滅處，套句葛羅曼說的話是「通往下一扇門的隧道」，3D特效將Pi還有觀眾拉進幽暗中。

印度政府明令禁止用真老虎拍攝電影，理查·帕克的展區（供國王和其他老虎之用）因此落腳台中水湳機場，建在造浪池旁。大部分的動物（尤其是片頭動物園中的動物）都攝於台灣的動物園，只有少數幾個簡易展區在本地治里的植物園中搭景（馬泰爾設定帕帖爾的動物園所在地，現實中並沒有這座動物園）。本地治里植物園布景的視覺重點在正前門，葛羅曼以捷布一個動物園入口為基礎，添加了一系列的雕花鐵門，大門搖身成為前舞台。另外美術部在首次的印度勘景行中也搜集了許多稀奇古怪的標牌，設計出電影中各式各樣的手繪幽默警告標牌。

島嶼

大衛·葛羅曼曾經提到：「我覺得小說高明的地方就在楊·馬泰爾的寫作功力，他讓你深陷其中，沒有半點懷疑。所以如果島嶼不是真的——換句話說，電影拍攝如果沒辦法取實景的話，會非常可惜。」

葛羅曼按照小說的描述設計出島嶼結構以及呈幾何排列的池塘，另以極致扭曲、無盡延伸的菩提樹根做島嶼背景。菩提樹不管在印度風景或神話故事中均有不容忽視的地位，因此電影就以菩提樹做視覺連接——連接Pi遺落的過去（在菩提樹旁追求阿南蒂）和旅程中倒數第二站的神秘地點（島嶼）。

葛羅曼會晤了藝術家艾利克西斯·洛克曼，也看了幾幅洛克曼帶來的島嶼草圖，但最終仍是等到李安帶他南下墾丁勘景才拍板定案；墾丁有棵維護情況良好的巨大菩提樹。

下圖：李安在台灣一個動物園中演示十二歲的Pi如何在餵食牢籠前將肉遞給老虎。

對頁上圖：大門，本地治里植物園布景的視覺重點。

對頁下圖：改造前的大門。

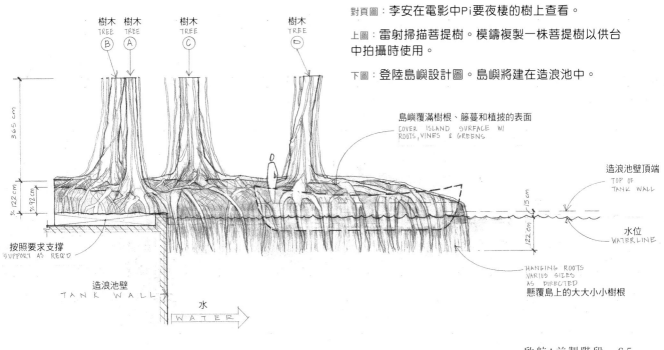

對頁圖：李安在電影中Pi要夜棲的樹上查看。

上圖：雷射掃描菩提樹。模鑄複製一株菩提樹以供台中拍攝時使用。

下圖：登陸島嶼設計圖。島嶼將建在造浪池中。

樹木 樹木 樹木 樹木
TREE TREE TREE TREE
Ⓑ Ⓐ Ⓒ Ⓓ

365 cm

島嶼覆滿樹根、藤蔓和植披的表面
COVER ISLAND SURFACE W/
ROOTS, VINES & GREENS

造浪池壁頂端
TOP OF
TANK WALL

122 cm

92 cm

15 cm

水位
WATERLINE

122 cm

按照要求支撐
SUPPORT AS REQ'D

造浪池壁
TANK WALL

水
WATER

HANGING ROOTS
VARIUS SIZES
AS DIRECTED
懸覆島上的大大小小樹根

上圖：島中池塘布景。

左圖：奇桑號的橫截面懸掛著救生艇。

對頁上圖：船弦吊柱曲軸設計圖。利用曲軸將救生艇放入水中。

對頁下圖：奇桑號圖。電影事件發生在上層甲板。

「我看著它，忍不住讚嘆它的美麗。」葛羅曼給予這棵菩提樹高度評價。這棵巨樹成為島嶼主要布景之一。美術部要做的事情就是在周圍把藍幕拉起，用綿延的樹根作樹林之毯（台中水滴機場恰巧長了幾棵菩提樹，這些樹根由此而來）。後製會有很多背景處理作業，更不用提還要加上數千隻的數位狐獴了。雖然島嶼的其他部分仍是在片場架設完成的，但葛羅曼認為「找到島嶼的實際取景地點有助我們建構出一個更貼近現實的布景，就像老虎一樣。」

奇桑號

美術部搜集了大量船艦資料，最後以「勝利號運輸艦」（一九四五年軍用運輸艦，現為加州聖派卓的博物館）做奇桑號的細節和結構參考。在奇桑號甲板上的拍攝完成後，甲板的一部分被移至造浪池後方的柏油跑道上，好讓安娜‧平諾克（Anna Pinnock）所帶領的布景指導團隊的精工細作能繼續供大家欣賞。即使在明亮的大白天也幾乎看不出來甲板實際上是三層板黏合而成的，而非二戰時期久經鹽沫侵蝕的暗灰鋼材。

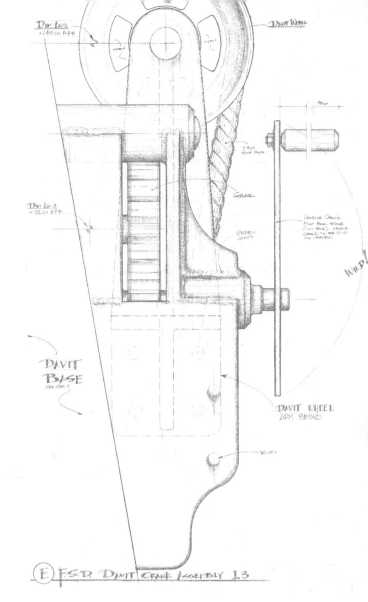

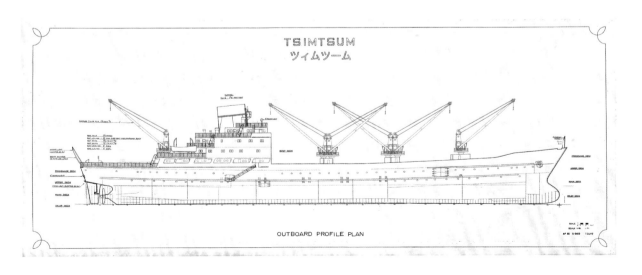

造浪池

平衡環
（乾溼分離）

RAFT TIES HERE

BOW (CANVAS END) — BOAT MOVES THIS WAY → — STERN
8' TIGER CAGE — **S1** — DRESS THIS END →

STEEL BOAT 1
THIS IS A TIGER BOAT

MOUNT: WAVE TANK MOUNT (TBD)

		PAINTER ROPE:	
CANVAS: PHASE 1 2 3 4	LIFEJACKET BOXES: 2	LIFT HOOKS: 1 RUBBER	
FLOORBOARDS: HERO SIDE	GRAB RAILS: YES	OARLOCKS: 4 HOOKS, 8 SOCKETS	
SIDE TANKS: 6	CENTER TANKS: 4	STORAGE BINS: HERO SIDE	

SPECIAL NOTES: * CAGE.
* TIGER FLOOR.
* WILD CENTER BENCH.
* BUILD SIDE BENCHES TO CAGE, 2.5' FWD OF CENTERLINE.

RAFT TIES HERE

BOW (CANVAS END) — BOAT MOVES THIS WAY → — STERN
8' TIGER CAGE — **S2** — DRESS THIS END →

STEEL BOAT 2
THIS IS A TIGER BOAT

MOUNT: GIMBAL

		PAINTER ROPE:	
CANVAS: PHASE 1 2 3 4	LIFEJACKET BOXES: 2	LIFT HOOKS: 1 RUBBER	
FLOORBOARDS: HERO SIDE	GRAB RAILS: NO	OARLOCKS: 4 HOOKS, 8 SOCKETS	
SIDE TANKS: 6	CENTER TANKS: 4	STORAGE BINS: HERO SIDE	

SPECIAL NOTES: * CAGE.
* TIGER FLOOR.
* WILD CENTER BENCH.

RAFT TIES HERE

BOW (CANVAS END) — BOAT MOVES THIS WAY → — STERN — **F1**

FIBER BOAT 1
TSIMTSUM PORT DAVITS (PHASE 1) -> TRANSFORMS TO PROCESS BOAT

OMIT!
(POSSIBLE STAND-BY, SHELL ONLY)

MOUNT: PAINTER ROPE:
CANVAS: LIFEJACKET BOXES: LIFT HOOKS:
FLOORBOARDS: GRAB RAILS: OARLOCKS:
SIDE TANKS: CENTER TANKS: STORAGE BINS:
SPECIAL NOTES:

MUST PREP RUDDER

RAFT TIES HERE

BOW (CANVAS END) — BOAT MOVES THIS WAY → — STERN
CRASH PAD — **F2** — CUT FOR CAMERA AS PROCESS BOAT — DRESS FULL BOAT

FIBER BOAT 2
TSIMTSUM STARB'D DAVITS (PHASE 1) -> TRANSFORMS TO PHASE 1.2 PROCESS BOAT

MOUNT: GIMBAL

		PAINTER ROPE:	
CANVAS: PHASE 1 2	LIFEJACKET BOXES: 4	LIFT HOOKS: 2 PRACTICAL!	
FLOORBOARDS: FULL SET	GRAB RAILS: YES	OARLOCKS: 4 HOOKS, 8 SOCKETS	
SIDE TANKS: 6	CENTER TANKS: 4	STORAGE BINS: 2	

SPECIAL NOTES: * THIS BOAT HANGS ON TSIMTSUM SET.
* THEN IS CONVERTED TO PROCESS BOAT.
* CUT PROCESS SECTIONS AFTER WRAP CARGO SHOOT.

PROCESS BOAT NOTES

RAFT TIES HERE

BOW (CANVAS END) — BOAT MOVES THIS WAY → — STERN
OAR RIG — **F3** — DRESS THIS END →

FIBER BOAT 3
PHASE 1

MOUNT: WAVE TANK MOUNT (TBD)

		PAINTER ROPE:	
CANVAS: PHASE 1 2	LIFEJACKET BOXES: 2	LIFT HOOKS: 2 RUBBER	
FLOORBOARDS: FULL SET	GRAB RAILS: YES	OARLOCKS: 4 HOOKS, 8 SOCKETS	
SIDE TANKS: 6	CENTER TANKS: 4	STORAGE BINS: 2	

SPECIAL NOTES: * FULL BENCH SET.
* TRAMPOLINE, CANVAS SIDE.
* FOAM GUNWALE PAD.

RAFT TIES HERE

BOW (CANVAS END) — BOAT MOVES THIS WAY → — STERN
OAR RIG — **F4** — DRESS FULL BOAT

FIBER BOAT 4
PHASE 1

MOUNT: GIMBAL

		PAINTER ROPE:	
CANVAS: PHASE 1 2	LIFEJACKET BOXES: 4	LIFT HOOKS: 2 PRACTICAL!	
FLOORBOARDS: FULL SET	GRAB RAILS: NO	OARLOCKS: 4 HOOKS, 8 SOCKETS	
SIDE TANKS: 6	CENTER TANKS: 4	STORAGE BINS: 2	

SPECIAL NOTES: * FULL BENCH SET.
* TRAMPOLINE, CANVAS SIDE.
* FOAM GUNWALE PAD.

RAFT TIES HERE

BOW (CANVAS END) — BOAT MOVES THIS WAY → — STERN
F5 — DRESS THIS END →

FIBER BOAT 5
PHASE 2

MOUNT: WAVE TANK MOUNT (TBD)

		PAINTER ROPE:	
CANVAS: PHASE 1 2	LIFEJACKET BOXES: 2	LIFT HOOKS: 2 RUBBER	
FLOORBOARDS: FULL SET	GRAB RAILS: YES	OARLOCKS: 4 HOOKS, 8 SOCKETS	
SIDE TANKS: 6	CENTER TANKS: 4	STORAGE BINS: 2	

SPECIAL NOTES: * FULL BENCH SET.
* TRAMPOLINE, CANVAS SIDE.
* FOAM GUNWALE PAD.

RAFT TIES HERE

BOW (CANVAS END) — BOAT MOVES THIS WAY → — STERN
TEST DROP — **F6** — STUNT ROLLOVER — DRESS FULL BOAT

FIBER BOAT 6
TEST / STUNT BOAT -> PHASE 2

MOUNT: GIMBAL

		PAINTER ROPE:	
CANVAS: PHASE 1 2 3 4	LIFEJACKET BOXES: 4	LIFT HOOKS: 2 RUBBER	
FLOORBOARDS: FULL SET	GRAB RAILS: YES	OARLOCKS: 4 HOOKS, 8 SOCKETS	
SIDE TANKS: 8	CENTER TANKS: 4	STORAGE BINS: 2	

SPECIAL NOTES: * FULL BENCH SET.
* TRAMPOLINE, CANVAS SIDE.
* FOAM GUNWALE PAD.

ADDT'L NOTES

* DISCUSS STUNT OAR NEEDS & FABRICATION METHOD.

* "DRESS THIS END" MEANS: DRESS 2.5' BEYOND CENTERLINE TOWARDS BOW OF BOAT.

* ALL BOATS HAVE TARP HOOKS AND LIFELINES ON HULL EXTERIOR.
  DISCUSS ADJUSTABILITY OF HARDWARE TO ALLOW TIGHTENING OF TARP.

INSERT NOTES

* SCENE 91: PI DROPS INTO BOW UNDER TARP   BOAT _____   PHASE _____
  (CRASH PAD & RUBBER LIFT HOOK INSTALLED IN BOW SECTION FOR ACTOR SAFETY)

* PROCESS BOAT CUT OUT SECTIONS 1-4 FROM F2 BOAT
  SECTION 4 ASSEMBLED FOR SCENE 92, TIGER POV.

對頁：救生艇展示圖。拍攝《Pi》時用了八艘不同的救生艇，每艘救生艇都有特定的技術用途。

左圖：救生艇模型。模型展現了船隻逐漸變舊的四個階段。

下圖：Pi的「船日曆」指南。

救生艇

雖然奇桑號在片中驚天一沉，電影的主要場景仍然是在船上——Pi 的救生艇和小筏。它們不僅出現在銀幕上的時間最久，也跟著時間而變化，特別是小筏，像 Pi 一樣成長、轉變，最後幾乎成了影片中的一個鮮活角色。

救生艇的設計相當簡單，一九二〇到五〇年代的鋼製救生艇檔案畫是靈感來源。台灣最大的造船公司打造了兩艘鋼製救生艇。另外六艘救生艇則依原本的鋼製救生艇模型而造，使用材質為玻璃纖維。鋼製救生艇限「老虎專用」，船上有特製的籠子藏在防水布下；而玻璃纖維救生艇則是「英雄專用」，由蘇瑞吉·沙瑪掌舵。一半的「英雄船」用在造浪池中，另一半則用在平衡環「乾溼分離」*鏡頭拍攝上，也就是在攝影棚中拍攝的特定場景（通常是特寫鏡頭）；棚內的救生艇架在模擬浪潮運動的機械上。（說是「乾溼分離」感覺有點好笑，因為拍攝時會有大量噴水器和儲水槽的水噴向沙瑪。）

所有救生艇無論從哪個角度看都必須完全相同，救生艇還隨電影環境裡的時間變化呈現不同效果；是美術部大展身手的時候了。整趟航行下來，葛羅曼團隊集結了許多銹蝕、籐壺、海藻和爛泥的檔案。船隻內部隨著時間推進逐漸老舊，加上日曬鹽洗以及老虎抓撓的痕跡都在美術部的妙手打造下寫實呈現，李安讚其「美的像個藝術作品」。船身則可見 Pi 用手刻劃下時日的推移——將漂流在海上的天數刻在船體上。

* 編註：Dry For Wet，一種電影特效，人物在乾的地方拍攝，之後加入煙霧、光、慢動作、泡泡等效果，讓人物像是在水中。

前一百五十三天的刻痕。

失去小筏的Pi只能在舷緣下邊以直線方式記錄他的第一百五十四至兩百二十七天。

先刻完這行
FINISH THIS ROW

再刻這行
THEN FINISH THIS ROW

再刻這行
THEN FINISH THIS ROW

再刻這行
THEN FINISH THIS ROW

這行刻至第一百五十三天
THEN THIS ROW UNTIL 153 DAYS

ONE STRAIGHT LINE
呈一直線的刻痕

小筏

　　救生艇的設計與建造是《Pi》規劃中的一部分，但小筏卻是意料之外的產物——是意外之喜，也是一個隨著靈感直覺建構成的。李安的兒子李涵本來是玩票性質的設計小筏，結果靈機一動想到把原來四個船槳綁成的方形筏改成三個船槳互扣的三角筏，打造出一個更堅固也更經濟的小筏。導演對這個簡單又不失視覺效果的小筏的外形很是滿意。道具師羅賓·米勒（Robin Miller）形容小筏：「結構牢固、外表美觀，實屬佳作。」

　　於是設計小筏的責任就落到了李涵身上。李涵不懂怎麼打好一個結（更別提在海上求生），也沒有做大量相關的研究，但恰恰就是這些特質讓他成為這份工作的最佳人選。就像故事中的Pi靈機運用手邊的材料一樣，李涵也是在現有材料上碰撞出一個解答來。在台中的泳池內，李涵略顯笨拙但成功的滑動自己精心設計的三角筏。海運統籌瑞克·希克斯把三角筏帶到海上測試後說：「結果很讓人滿意」。

　　在台中片場，李涵運用繩索、船槳以及其他救生艇上能找到的素材製作了一系列不斷進化的小筏，不同版本的小筏標誌了 Pi 海上旅程的特定階段。李涵表示：「我一邊構思不同階段的小筏時幾乎感覺自己變成了 Pi。」最後，Pi 的小筏進化遠遠超過浮在水上和遠離老虎勢力範圍的要求，反而成了 Pi 自己的延伸、成了另一種敘事記錄，記錄下 Pi 在旅程中機動拼湊海上殘骸以及廢棄物的過程。這就是他的世界。

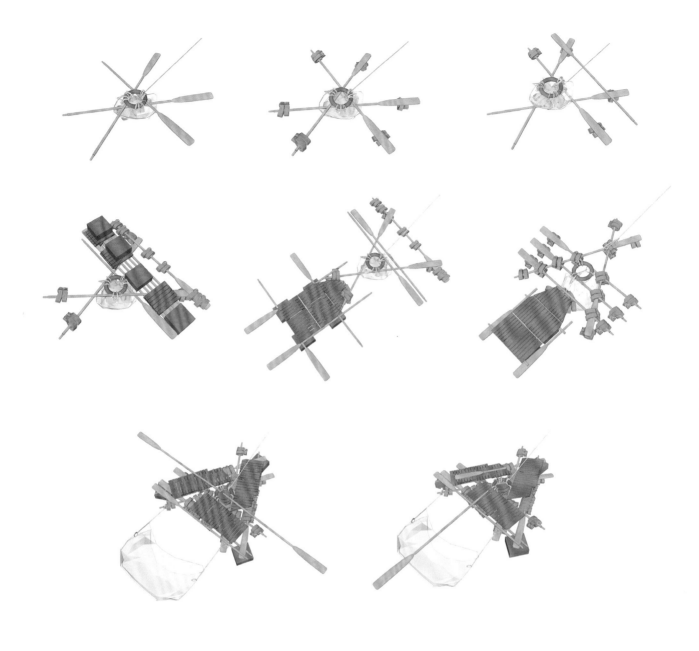

史蒂芬・卡拉漢
建構的真實

隨著 Pi 漂流在太平洋上的時日不斷推進，他也克服了最初的恐懼，整頓周圍環境、訓練理查・帕克，甚至有段時間還主宰著自己的小小世界。在李安看來，Pi 在救生艇上與理查・帕克的互動重現了動物園，在小筏上則重現了他所謂的家。Pi 用雙手打造布置自己的小筏——鋁製澆水罐和磨損的尼龍繩可以做簡易魚具、破損的襯衫布成了印花手帕、魚叉則是由救生艇底部的木板和鬣狗的肋骨所組合，諸如此類的例子不勝枚舉。在老虎利爪攻擊的一個場景裡，海龜殼成了最好的盾牌，而下個場景又成為磨魚骨的研磨棒，海龜殼甚至在 Pi 的主食——救援餅乾斷糧時成了漂亮的生魚片托盤。遮陽棚頂加上吊床的組合是小筏最吸睛的部分，保護 Pi 免去烈日灼烤。這份得來不易的舒適象徵的其實是一個脆弱

的平衡——Pi 僅憑一己之力對抗無情大自然，所取得的一時寧靜。

史蒂芬・卡拉漢與道具部合作設計、打造小筏上的添加物（素材取自救生艇和救援包）。卡拉漢是以顧問的身分造訪台中，但閱歷豐富的他沒過多久就成為劇組中的專家和萬事通。卡拉漢一方面指導船難求生的拍攝部分，另一方面對救生艇磨損情況、海上生活、浪潮形態（他協助規劃出不同的海浪形態，指導了不同場景所必需搭配的不同浪潮）等所有與海洋相關的常識，提供了莫大的幫助。

身為一位海員、船難倖存者和發明家，卡拉漢將李涵的小筏運用拓展到極致。他提到：「我在發明東西的時候總是想著多功能用途，讓物品能從一個最簡單的答案上逐步進化。」所以電影中 Pi 集遮陽、儲物、集水於一體的裝置就這樣誕生了。卡拉漢補充說明：「我用餐廳的竹筷還有來自道具部的一點緞帶做了一個模型（看如何折疊等等）。我們大概知道這會是個很棒的裝

海上漂流路線圖

依洋流分布來看，卡拉漢估算現實生活中的Pi是不可能從西太平洋漂到墨西哥，即便是沿著楊・馬泰爾小說中虛構的赤道逆流也無法達成。因此卡拉漢將奇桑號沉船地點移至北馬里亞納海溝，認為在極特殊有利條件下，船難生還者或可抵達「神祕島」；若否，生還者會隨季風和洋流漂移至它處，但無論如何都不會是墨西哥。

這樣一來或許就不會有個完滿的結局，但卡拉漢的提示最後成了場記瑪麗・西布爾斯基辦公室牆上的「海上漂流路線圖」；卡拉漢精細的手繪草圖上有神聖的兄弟姐妹線加持，標示出Pi的漂流航線。

「船難求生的重點有一部分在於適應環境，但更多在於製作求生工具；對細節的要求是表現真實性的必要條件。對我來說，處理這些細節可以說是一件神聖的事情；纏繞綁束（甚至鬆緊之間）都是學問，都有涵義，這幾乎是一種禪道了。」

──史蒂芬‧卡拉漢

置，但到真正拍攝的時候才知道真的很成功。」

誠如沃馬克所言：「史蒂芬把船難生還細節如實傳遞出來。」，但「如實」卻只能是一個相對概念；即便做了徹底研究的《Pi》也只能說是「相對真實」而無法保證「絕對事實」。生活的現實和電影的寫實向來是兩回事，真實的生活經歷放到銀幕上不見得萬無一失，卡拉漢因不熟悉這點所以時感困惑：「很多時候我說：『我會這麼做，對我來說這是最合理的答案。』然後大衛‧沃馬克就說：『不行，這個太俐落了，那個又像是計劃好的，其他看起來又怎樣怎樣。』然後我們就要把事情簡化一點、看起來不要那麼厲害。」

道具師羅賓‧米勒歸結：「史蒂芬剛接觸電影業，很不習慣這些『假象』。」於是羅賓很和善的帶領這名海員到電影製作的「潛水區」參觀：「我們告訴史蒂芬：『別擔心，你會慢慢習慣的。』我的意思是現實和電影是分開的。不過他找到一點頭緒了──要同時把兩個概念放在心上。」卡拉漢最終掌握了這個原則，但不無挖苦的說：「李安會跟我說：『要記住，你不是 Pi，Pi 也不是你。』我忽然覺得故事裡的 Pi

上圖：**史蒂芬‧卡拉漢站在遮陽棚後面看蘇瑞吉‧沙瑪練習打結。**

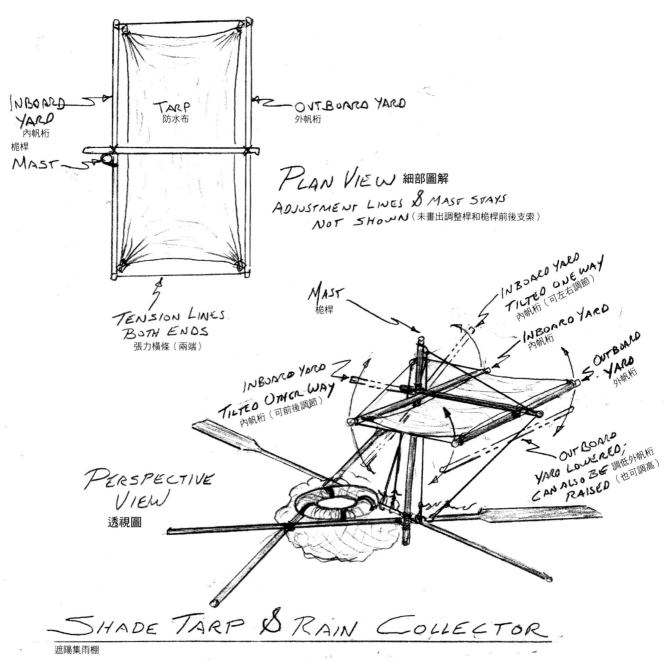

INBOARD YARD
內帆桁
桅桿
MAST

TARP
防水布

OUTBOARD YARD
外帆桁

PLAN VIEW 細部圖解
ADJUSTMENT LINES & MAST STAYS
NOT SHOWN (未畫出調整桿和桅桿前後支索)

TENSION LINES.
BOTH ENDS
張力橫條（兩端）

MAST
桅桿

INBOARD YARD
TILTED ONE WAY
內帆桁（可左右調節）

INBOARD YARD
內帆桁

OUTBOARD YARD
外帆桁

INBOARD YARD
TILTED OTHER WAY
內帆桁（可前後調節）

OUTBOARD
YARD LOWERED;
CAN ALSO BE RAISED 調低外帆桁（也可調高）

PERSPECTIVE
VIEW
透視圖

SHADE TARP & RAIN COLLECTOR
遮陽集雨棚

• MAST STAYS NOT SHOWN
  FOR CLARITY
  未畫出桅桿前後支索以看的更清楚

• ADJUSTABLE VIA LINES
  可調整桅桿
  • TILTS FORWARD OR AFT 可前後調整
  • TILTS UP OR DOWN 可上下調整
  • ALSO CAN SWIVEL 還可旋轉

TARP COULD MEASURE APPROX. 5'×5'
防水布長寬各約一點五公尺
LEAVING 6"± OF POLES STICKING
OUT ON EACH END; OR RECTANGLE
TO SUIT AS SHOWN
每端約留十五公分左右的桅桿架設距離，或呈如圖所示的長方形

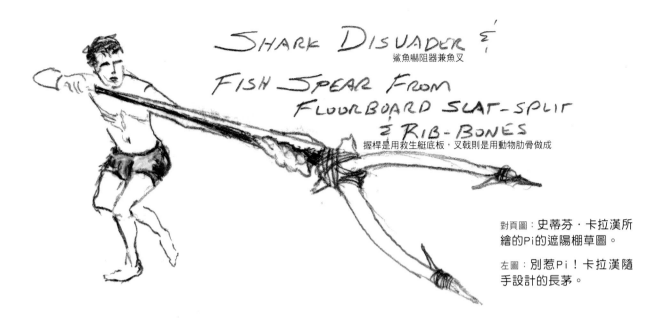

SHARK DISUADER ¿
鯊魚嚇阻器兼魚叉

FISH SPEAR FROM
FLOORBOARD SLAT-SPLIT
¿ RIB-BONES
握桿是用救生艇底板，又戟則是用動物肋骨做成

對頁圖：史蒂芬‧卡拉漢所繪的Pi的遮陽棚草圖。

左圖：別惹Pi！卡拉漢隨手設計的長茅。

有點像海上的蜘蛛人──忽然被丟到海上，在沒有搞清楚狀況前就必須面對殘酷的求生世界，或許一開始他還跌跌撞撞的前進，但不久後他就能靠一根繩索毫無障礙的飛簷走壁。」

準備成為 Pi

蘇瑞吉‧沙瑪的工作除了演戲之外還有一項重要任務──「反覆泡在水裡」，但沙瑪卻是隻不折不扣的旱鴨子。不過一切在他飛去台灣後有了驚人的轉變；沙瑪不只在短時間內學會了游泳，更學會表演許多水中美技。莫非這個飛到台中、掛副眼鏡的清瘦少年真的是彼得‧帕克（Peter Parker，蜘蛛人本名）的化身而具有蜘蛛人的潛質？

事實當然不是如此。沙瑪這個孩子確實具有不可多得的天分，但同時也得歸功特技統籌查理‧克魯維爾（Charlie Croughwell）和其子特技演員卡麥隆（Cameron）的幫助，他們在短時間內教會了沙瑪漂浮。在泳池訓練不久後他們就把沙瑪帶離岸邊近五百公尺處學游泳。克魯維爾表示：「實際在海中學會游泳是很重要的，他會學得更快，只是一下子的事情。」

事實上，在拍攝期間，克魯維爾父子幾乎成了沙瑪的家人──即便他們對沙瑪採斯巴達訓練，但訓練也讓他達到最佳表演狀態。其他電影若有演員需要經歷類似的健身過程，電影通常會停拍一段時間等待演員將狀態調整好。以《浩劫重生》為例，導演羅勃‧辛密克斯（Robert Zemeckis）在等湯姆‧漢克斯（Tom Hanks）減重的同時乾脆帶領原班劇組拍起《危機四伏》。不過《Pi》沒有時間等，於是沙瑪──正值最無節制的年紀、又是一個毫無經驗的男孩要在短時間內進行減重大計。一百七十五公分左右的沙瑪初到台灣時體重有五十九公斤。在接下來的兩個月，直到二○一○年一月拍照前，他要先增肥，再把這些重量減掉（然後再減一些）。

蘇瑞吉‧沙瑪每天訓練滿滿，即使是在流著汗、游著泳的時刻他也在內化 Pi。導演則充分發揮他導師的角色，認真悉心指導沙瑪──不論先前是否有舉行讓李安成為沙瑪上師的祈福儀式。李安說出了一些感想：「教學相長。我總是感覺當我在教這群年輕演員時，自己也從中學到很多。」李安親自示範了大部分的演技指導，大衛‧馬季（當時人也在台中）則從旁協助，他們兩人精選愛德華‧阿爾比（Edward Albee）的《動物園故事》和田納西‧威廉斯的《玻璃動物園》示範了幾個場景，但李安仍將重點放在沙瑪與角色的結合中。沙瑪表示：「Pi 在我心中逐漸成形。導演讓我做很多練習，要求我把心智年齡從十七、八歲降到十四或十二歲。導演讓我在房

Pi的求生手冊

　　史蒂芬·卡拉漢到台中的時候帶了一系列海上求生手冊，最後他和美術指導大衛·葛羅曼、道具師羅賓·米勒和插畫家喬安娜·布希（Joanna Bush）共同合作，創作出Pi的求生手冊。這本集合眾人心血的力作——《海上求生：救生艇與導航手冊》已經超過了電影道具的格局；超過五十頁的圖文描述本身就是貨真價實的求生手冊。Pi和其他現實生活的生還者一樣，並沒有逐字逐句按照手冊說明行事，反而機動拼湊自己的求生工具以及從手冊中擷取精髓。手冊內頁讓Pi能夠書寫記錄自己的想法，進而促動電影旁白。

　　《海上求生》手冊或許無法讓一艘載著受困靈魂的小木筏漂越太平洋，但其中精美的圖文（有些出現在銀幕上）卻可以為Pi的小小世界提供一份詳盡的財產目錄。

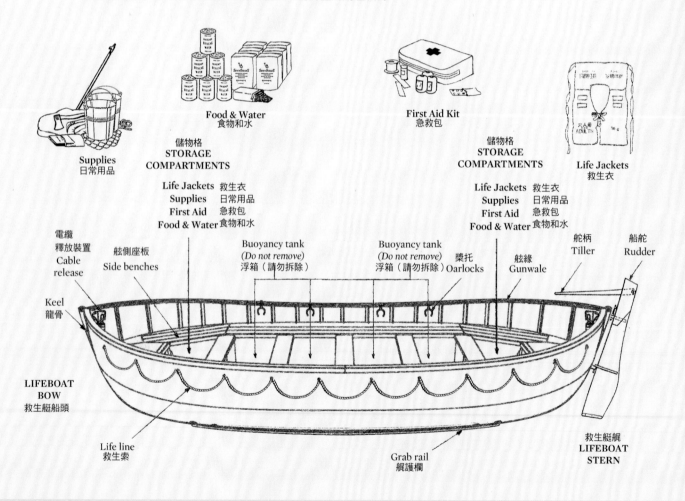

Food & Water
食物和水

First Aid Kit
急救包

Supplies
日常用品

儲物格
STORAGE
COMPARTMENTS

Life Jackets　救生衣
Supplies　　　日常用品
First Aid　　　急救包
Food & Water　食物和水

儲物格
STORAGE
COMPARTMENTS

Life Jackets　救生衣
Supplies　　　日常用品
First Aid　　　急救包
Food & Water　食物和水

Life Jackets
救生衣

電纜
釋放裝置
Cable
release

舷側座板
Side benches

Buoyancy tank
(Do not remove)
浮箱（請勿拆除）

Buoyancy tank
(Do not remove)
浮箱（請勿拆除）

槳托
Oarlocks

舷緣
Gunwale

舵柄
Tiller

船舵
Rudder

Keel
龍骨

LIFEBOAT
BOW
救生艇船頭

Life line
救生索

Grab rail
舷護欄

救生艇艉
LIFEBOAT
STERN

表格三：救生艇／救生筏標準救生配備

No.	標準名稱	數量	草圖	✓
1	救生圈	1		
2	救生衣	30		
3	繩網	1		
4	漁網	1		
5	橙色煙霧信號	1 set		
6	信號反光鏡	1		
7	信號槍與彈藥	1		
8	手持紅色信號	2		
9	火箭式降落傘信號	1		
10	平槳	9		
11	艇鉤	1		
12	磨刀石	1		
13	小刀	1		
14	水桶	4		
15	手斧	1		
16	指南針	1		
17	海錨	2		
18	手電筒	1		
19	可浮繩索	1		
20	一般繩索	1		
21	防水火柴	1 box		
22	漁具	1 set		
23	針線包	1 set		
24	刻度杯	1		
25	太陽能蒸餾器	2		
26	急救用品	1		
27	暈船藥	192		
28	暈船清潔袋	32		
29	鎮浪油	4		
30	開罐器	3		
31	銼刀	1		
32	黃海綿	2		
33	哨子	30		
34	求生指南	1		
35	鉛筆	1		

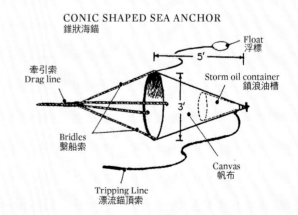

CONIC SHAPED SEA ANCHOR
錐狀海錨

Float 浮標
5'
牽引索 Drag line
Storm oil container 鎮浪油槽
3'
Bridles 繫船索
Canvas 帆布
Tripping Line 漂流錨頂索

瑪麗的《Pi》圖表牆

　　「他是一個相當講究細節的導演。」瑪麗·西布爾斯基如此描述李安。從《冰風暴》開始擔當李安電影中的場記，工作上的細節要求早已深植西布爾斯基的心中。

　　在電影拍攝之前，西布爾斯基替Pi的旅程製作了一份圖表，這份圖表遠遠超過一個充滿靈感牆、情緒板、行事曆、時間表的工作環境所能發揮的功能。西布爾斯基狹小無窗的辦公室內從地板到天花板牆面皆是Pi的「旅程線」，包括動作、主題、Pi的身體建康、頭髮皮膚、服裝、心理狀態、精神狀態、習得的技能、「化身老虎」（理查·帕克也有自己的一條線）、救生艇情況、小筏打造階段和所需道具等等。圖表最後的三條線記錄的則是與電影場景相關的浪、風和天空。

　　總體而言，每個場景由Pi的情感揭開序幕，而西布爾斯基的圖表清楚分配了每個部門的工作，從服裝到梳化妝等一切跟著Pi的旅程走。電影中的所有細節不但躍於眼前，其他如「Pi的健康狀況、與神之間的距離、離化身為理查·帕克還有幾步之遙等相互交織的無形表達都得以具體化。」西布爾斯基這麼闡釋。她進一步補充：「這都是李安的想法，他要看到全部的細節。」

間裡來回走動，然後慢慢的說：『現在停止』，接著他又讓我做些 Pi 做的事。透過這個方式我漸漸發展並養成 Pi 的習慣和特定的思考模式。現在好像在我身上安裝了這個角色的開關，我不需要『演』，只要『做』就可以了。」

李安第一次見到沙瑪是在試鏡的最後一關——沙瑪在這關拿下了 Pi 的角色。李安發現這個男孩身上有某種特質，一種他在導演生涯中少見的演員慧根。「我只給了一個方向——把場景生動的描述出來，創造出身歷其境的真實感，就這麼多，但蘇瑞吉一點就通。對我來說這是演員最大的天賦——深信自己就置身現場，所以他們毋需『演』，他們完全將自己轉換到所飾演的角色上。」李安如是說。

對李安來說，導演的工作還必須加上對演員負責這一項，尤其是年輕資淺的演員，李安表示：「有些時候你要特別注意某個情況會給演員帶來創傷，這時候就要把他們從情緒中帶出來。」即使是借助外面的訓練員，李安也會緊密盯場、參與部分過程。厄里亞·亞洛夫（Elias Alouf）——前黎巴嫩油井潛員，現在在台中當瑜伽老師，前來協助沙瑪找尋內心深處的老虎，（用亞洛夫的話說就是「集中精神、讓思想清澈明晰、堅定的下決心」）時，李安也加入了一天四小時的訓練課程。亞洛夫認為李安「付出了很多時間精力參與課程。」（亞洛夫在電影中有短暫露面，飾演 Pi 愛泳池成癖的乾叔叔——媽媽吉。）

儘管犧牲了很多時間與精力，李安的參與卻對沙瑪的形塑轉變起了至關重要的作用——而李安自己也產生了轉變。大衛·沃馬克觀察到：「我會說李安和蘇瑞吉有種很深的情感連結，一種相互信任的情感連結，這是訓練課程的結果。蘇瑞吉做瑜伽，李安也做瑜伽；蘇瑞吉『下海』，李安也陪著『下海』。李安作為一個掌握全局的電影導演，卻親身實踐了旅程中的每一小步。」

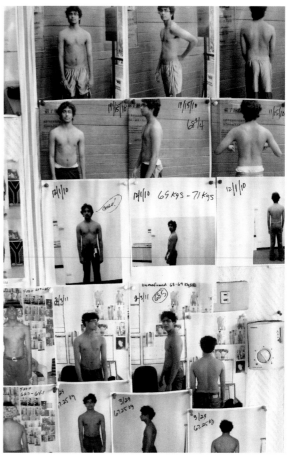

上圖：少年Pi的伏地挺身：沙瑪受訓中。

下圖：特技統籌查理·克魯維爾辦公室的「蘇瑞吉·沙瑪前後對照相片牆」。

左圖：李安在原型小筏上
休憩時蘇瑞吉・沙瑪倚
著小筏踢水前進。

3 航程：拍攝階段

二〇一〇年一月三日，《Pi》劇組舉行了一個台灣傳統祈福儀式，宣告電影正式開拍。供桌上擺滿了各式各樣的供品，有茶葉、橘子、礦泉水、鮮花等，正中央是台灣特有的甜鳳梨，大紅桌布則與中華文化的傳統喜慶顏色相呼應。供桌在舊台中水湳機場一座飛機庫（現已改為攝影棚）外的柏油跑道上朝南而設。劇組將《Pi》的工作人員及演員集合起來、人手一炷香，在李安導演的帶領下一同焚香祝禱，並朝四個基本方位——東南西北方向鞠躬致意。接著，響亮的鑼聲（用來驅除惡運）劃破香煙裊裊的天空，李安一聲喊：「Action」、攝影機開始運轉，拉開《Pi》首日拍攝序幕。

這個祈福儀式旨在祈求好運，是李安從首部電影《推手》拍攝以來養成的習慣，他在每部電影開拍前都會固定舉行此儀式。不過李安的祈福儀式是改編版，傳統祭天敬神的供品據副製作人李良山（李良山自《理性與感性》〔一九九五年〕開始參與李安每部電影的祈福儀式）描述應該有「全魚、乳豬和全雞」。他提到：「但從《冰風暴》之後李安不想殺生，所以現在我們都改用鮮花素果。」

在《Pi》拍攝期間，劇組點燃了無數次線香；只要從一個片場換到另一個片場或移動拍攝地點就重新焚香、呈供品。談到儀式祝禱內容，李安刻意保持一個模糊開放的空間：「我沒有告訴任何人應該向誰祈禱，這是個寧靜的時刻。不祈求幸運，只希望一切安全、順利；就好像你不會向神祈求中樂透，而是請求神『賜予你力量』，道理就是這樣。」

「在拍攝期間，若移動到新的拍攝地點或邁入不同的拍攝階段，我們都要先焚香謝天。
我可以告訴你：《Pi》是電影製作史上第一部在預訂時間左右殺青的水電影。」
　　——製片 大衛·沃馬克，參與祈福儀式總結。

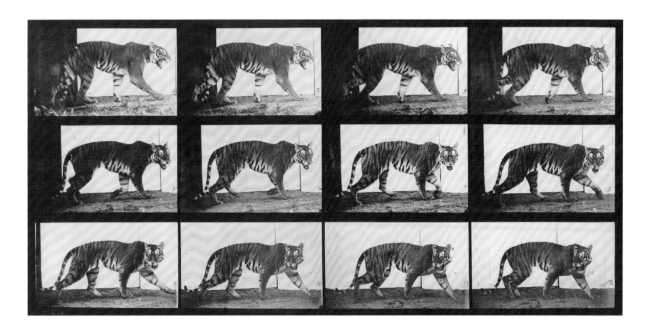

第82-83頁圖：提潘慶典場景，
在靠近本地治里的古印度
寺廟所攝。枕在蛇床上的
毗濕奴神雕像在婆羅門僧
侶、音樂家的簇擁下被載
往水中央。數千名信徒——
五歲的Pi也在其中——透過
照亮河面的千盞油燈觀看
儀式。對頁圖：老虎的連續
動作，埃德沃德‧邁布里
奇（Eadweard Muybridge）所
攝。選自《動物步態》一書
中第七百二十九幅相片。一
八八七年。上圖：少年Pi之
好運旺旺來：工作人員和演
員齊聚在一桌具象徵意義
的供品前持香致敬。右圖：
李安敲響了鑼。鑼聲除了用
來驅除惡運、鼓舞劇組的士
氣，也代表電影正式開拍。

奇桑號沉船場面：
一切始於驚天一沉

　　大部分電影製作如果啟用無經驗演員（像是蘇瑞吉·沙瑪）來主演電影，都盡可能從一些較簡單且直接的片段開始拍攝，例如一個安靜的屋內場景、沒有太多對話等，如此一來缺乏演戲經驗的演員就能慢慢摸索、逐漸進入狀況。但《Pi》卻反其道而行，直接向高難度挑戰——從奇桑號沉船的場面開拍。「奇桑號沉船」讀起來有幾分繞口令的味道，用這一幕來開始長片的拍攝果然不怎麼容易。沉船場景——貨輪消失在太平洋深處，奪走了 Pi 的家人和他所擁有的過往（除了一隻特別的老虎）可以說是高技術與高難度兼具的一個場景。

左圖：巨型平衡環，模擬風浪運動的機械，安在奇桑號上層甲板的布景下。

頂圖：造風機馬力全開則狂風壓境。

上圖：以高壓水槍噴射出加壓水柱來營造出千層浪花之感。

第一助理導演威廉‧康納指出：「一開始就拍奇桑號沉船的鏡頭的確很瘋狂，但我們別無選擇。」他解釋：「沙瑪在拍攝期間必須持續減重，那麼船難鏡頭就得先拍，因為現在是他體重的高峰。」

所以在拍攝第二天——蘇瑞吉‧沙瑪成為演員的第二天，就要獨自登上奇桑號布景的上層甲板。不過沙瑪其實是站在巨大的平衡環上，有一堆特效器材對著他拍攝，包括造雨機、能生成狂風的造風機、模擬千堆浪的高壓水槍（加壓水柱一噴足以把人擊倒）還有三個能容納一萬五千多公升的儲水槽（大浪的力量能把人捲出船外）等。另外還有一個設備也將對準沙瑪——比上述設備都要小，但卻更厲害也更複雜—— 3D 攝影機。

沙瑪的演出壓力巨大無比，而李安，親自指導沙瑪數個月後，必須站在遠遠的舞台下方，飛機庫的某處地面上。若李安要給他任何指示，必須從這個平台爬到另一個平台，即使如此，他和沙瑪仍然隔著相當大的距離。

第二助理導演班‧藍寧（Ben Lanning）一喊：「Action！」平衡環就動了起來，開始搖晃顛簸

貨輪布景。接著，大雨落下，儲水槽的水傾瀉而出，加壓水柱開始噴射，造風機生成呼嘯狂風、風速高達每小時一百六十公里。巨大的飛機庫頻繁的閃爍著白熾亮光，每一滴在半空中的人造雨珠都清晰可見。沙瑪深深地吸了一口氣，然後……

沙瑪事後回憶起來笑著說：「我什麼也沒做。暴風雨已經把我給征服了；對我來說那已經不是演戲了，就是個不折不扣的暴風雨。我當時站在大船上、非常高，船身劇烈搖晃，傾盆大雨嘩啦啦打下來，加上狂風大作跟雷電閃光──所有的一切都是如此真實。」搖晃、高舉、擊打、拋甩，沙瑪表示他只有咬緊牙關撐下去：「我做出了所有面對暴風雨的反應，那不是演戲，我就置身在狂風暴雨中。」

為了完美呈現電影中的主要暴風雨場景，李安把特殊效果拉的極高，他堅持演員必須感受到狂風暴雨和甲板實際傾斜。沙瑪的平衡感很快發揮了作用，他成功演繹了 Pi 在風雨中甲板上所踩的步伐姿態。除此之外，沙瑪還必須挑戰一個場景的演出──Pi 倚在船欄邊時，忽然意識到奇桑號正急劇傾斜，他親眼看著一個大浪襲來，幾個水手就被捲進海中。李安指出：「甲板上的步伐動作對沙瑪來說比較簡單，他詮釋的很好。但當他看著某些人被沖走，忽然意識到問題出現了；除了步伐，他還得加上演技，所以驚恐出現在他臉上。」

不過科技儀器使得李安距離沙瑪太遠反而造成了一些困難。李安回憶：「有時候我會讓雨一直下，然後在拍攝時對他喊叫，讓他不要理會雜音。」在攝影機持續運轉的同時，導演會讓沙瑪重複一個場景的部分動作而不喊停。李安繼續說道：「他盯著鏡頭，然後跑開。我大聲下指令：『回來！』然後指點了一下說：『大聲喊出來，再來一次。Action！』」

雖然李安先前已經將 Pi 的性格特徵教授給沙瑪，但在這種情況下導演對演員仍採一種細節式的直接指導，像是「這邊放一點，那邊收一點」的方式。

對頁上圖：蘇瑞吉‧沙瑪所飾演的Pi在風雨中踩著凌亂的步伐。對頁下圖：當他發現事情不對勁時拔腿狂奔。上圖：船隻嚴重傾斜，Pi驚恐的看著一個巨浪打進下層甲板裡。

李安表示：「不是導演說了什麼神奇的東西然後演員就開始演。大部分的時候還是非常技術性的，導演跟演員的關係就像堤利跟他的老虎一樣。」導演舉了馴獸師勒波堤耶為例：「只有馴獸師跟老虎感受得到其中的張力，旁觀者會覺得無聊至極；這是為什麼我常常提到堤利。我們的差別只在於他和老虎的互動是不能延誤的；只要有半秒差池就會出人命。」

當日拍攝近尾聲時，李安收到了他要的戲劇效果。關掉造風機、灑水車的力度調成毛毛細雨，重達三萬四千多公斤的奇桑號布景以令人心驚的方式靜止在巨大的平衡環上；今天就到此為止，而明天又是新的一天——還有第三天、第四天以及往後的很多天等在前方。今天在水中、水上的考驗及表現，沙瑪並沒有收到特別的口頭或肢體稱讚。李安並不認為應該把年輕演員捧上天，他反而傾向輕聲的說幾句鼓勵的話代替：「我沒有做什麼了不起的事，這些都是演員的工作。我總

是跟他們說他們很幸運才能站在這裡。如果你叮嚀他們別搞砸，演員會很緊張，對他們也不好。我只告訴他們全力以赴，永遠都要找得到人、保持最佳狀態。」即使蘇瑞吉・沙瑪還有漫漫演員修習道路等在前方，他非比尋常的感悟性——演員的基本特質，已經被導演歸在優秀演員中。

一週後，在沙瑪多少掌握了海上的搖晃節奏後，他要首度表演之前學到的特技——在甲板上被飾演船員的台灣臨演推落至救生艇上的那一瞬間（事實證明他做的相當好）。當 Pi 驚險的掛在奇桑號的船弦吊柱上時，一旁的救生艇因為沙瑪的同船乘客的體重而失重（乘客穿著加大尺碼的救生衣）。與沒有任何代表作的沙瑪相比，這名乘客幾乎與同時期的所有知名導演合作過，拍了超過一百部的電影。

他就是傑哈・德巴狄厄（Gérard Depardieu），在片中飾演貨輪上的法籍廚師——在馬泰爾的小說尾聲，Pi 將所謂「真實的」船難事件描述給日本調查員時，這個角色突然出現。由於第二個故事版本並沒有真的拍進電影中，因此大衛・馬季加入了一個事件來合理化廚師在銀幕上的現身——帕帖爾一家在奇桑號骯髒的自助餐廳裡要享用第一餐時，被粗魯的廚師弄得胃口全失。

大約有五天的時間，劇組工作人員和演員的關注幾乎繞著德巴狄厄打轉。他粗俗幽默的個性與爐火純青的演技在在都讓人欣賞不已。李安談到與德巴狄厄共事的感想：「太有趣、太有意思了。他的反反覆覆甚至也很 ok。德巴狄厄很容易指導，他能做所有的表演。他常會問：『這樣可以嗎？那樣行不行？』他完全不走方法演技那套，反而是……」李安張開雙臂、隨意發出了大吼聲。

對頁上圖：儘管 Pi 大聲呼叫說他的家人還在船上，船員還是將他推到救生艇上。對頁下圖：沙瑪看起來像在祈禱，但實際上他是在檢查安全索。上圖：菜鳥演員沙瑪跟重量級資深演員哈德・德巴狄厄同在一艘船上。

台灣也不過數個月前的事，但在前製階段所受的嚴格體能與精神訓練讓他飛快的轉趨成熟。

「（在印度）他有幾場戲，像是擊鼓、追女孩等。他必須假裝自己在跳舞、有點拙，這部分有點難度，因為蘇瑞吉已經十七歲了，在經歷這些訓練後看起來像十九歲，但（回到印度）他要演一個十五歲、最後看起來會像十六歲的男孩。」李安談起沙瑪在印度的拍攝。為了完成任務，導演帶領沙瑪重溫他們一同做過的感覺記憶練習。李安舉了一個例子：「讓他回憶自己十四、五歲時的身體情況和反應。」一開始，沙瑪要靠某個時期的特定記憶連接才能找回舊時感覺，但隨著越來越多的練習，這已經變得自然而然了。李安描述：「我會引導他，這樣會比較有科學性，像是『你看，你以前的眼神就是那樣，你的身體反應也略有不同。』然後他逐漸找回過去的記憶。當他下次遇到同一個點時就不用從頭溫習心底的記憶。」

　　奇桑號沉船一幕頗耗體力，不過並沒有真正測試到沙瑪的演技。但很快的就到了要沙瑪發揮的時刻。接下來的一幕將轉到青年 Pi 在本地治里的家中。這次沙瑪毋需面對高壓水柱或其他水設備，但他必須找回部分從前的自己——在李安的幫助下找回因飾演 Pi 而被他放下的自己。沙瑪到

人小舞大

　　十二歲的阿尤什·坦東飾演的是十二歲的Pi，表現優秀得像另一個德巴狄厄，絕對是拍攝現場與銀幕中不容忽視的存在。阿尤什·坦東來自孟買，十歲的時候贏得印度電視跳舞實境節目（譯做「人小舞大」）冠軍，拍攝超過五十支的電視廣告。他在鏡頭前毫不生澀、表現得如魚得水，因此服裝設計阿爾榮·巴辛（Arjun Bhasin）暱稱他為「一鏡小子」，稱讚他：「優秀到給其他演員帶來壓力；因為其他演員可能需要拍到第三、第四次，他們拍完一次他還會說：『別擔心，再來一次。』」李安深表贊同：「他很恐怖，接收指令跟成人一樣好，你無法相信他只有十二歲，但當他演戲的時候又回到一個十二歲孩子該有的樣子。非常神奇。」

對頁上圖：李安給奇桑號的台灣船員示範衝突場景。

對頁下圖：Pi的父親桑陀旭企圖教導法籍廚師一些規矩。

左圖：李安和沙瑪在本地治里。

在跑道上起飛的舞者

受過婆羅多舞訓練的薛門錫·莎娜（Shravanthi Sainath）飛到台中參加阿南蒂一角的試鏡（阿南蒂是Pi的銀幕初戀）。薛門錫·莎娜在跑道上跳起一段結合動作與手勢的婆羅多舞（背景有消波塊還有劇照攝影師菲爾·布雷〔Phil Bray〕沉重的攝影器材）。後來電影中，Pi在市場外等著搭訕阿南蒂時還試著模仿了一下這個富含表現力的手勢。兩週過後，在本地治里，莎娜飾演的阿南蒂用舞姿把Pi迷得暈頭轉向，亂了擊鼓節奏。

印度：空蕩的動物園和擁擠的寺廟

　　在李安和台灣劇組忙著測試不同的水浪效果時，超過四百名的工作人員正好完成接下來要在印度拍攝的準備工作；Pi 的童年、少年和青春期場景地點都包含在內。

　　對很多在拍攝現場的劇組人員來說，在印度的拍攝是電影生涯中數一數二的絕佳經驗。第一助理導演（印度）妮提亞‧梅赫拉（Nitya Mehra）就表示：「一切都是戶外拍攝，印度就在你的眼前展開。你在拍電影的同時也將印度的勃勃生機給拍了進來。」本地治里褪色的法式風華、慕那爾瑰麗的自然風光在在引人心馳神往、駐足流連。梅赫拉代表印度劇組發言：「之前劇組總是在孟買和德里等大同小異的城市中穿梭拍片，因此我們到這兩個地方時都想說，我們不要用汽車或任

上圖：李安和攝影指導克勞帝歐‧莫藍達正在拍攝阿南蒂的特寫鏡頭；阿南蒂在本地治里的防波堤上向Pi道別、為Pi在腕間繫上兄弟姐妹線。

下圖：李安和副製片麥克‧馬隆在印度開拍首日接受賜福。

頂圖：印度苦行僧——拋下一切俗世凡物、飄蕩在天地間的聖人（所以也沒有什麼事物會阻止他們參與電影做臨演。）

上圖左：本地治里中央市場裡的母女三人臨演。

右圖：在花市裡金盞花花環間的一名臨演。

何東西來破壞或驚擾這片美景。劇組所有人都騎了一台腳踏車，因為距離也不會太遠，這是非常有趣的經驗。」

在印度拍攝時似乎真的有個魔法，讓一切水到渠成，但這一切還得立基於（印度）製作統籌塔布雷茲‧努拉尼（Tabrez Noorani，《貧民百萬富翁》和《享受吧！一個人的旅行》）、梅赫拉和龐大劇組前期的漫長準備上。他們在萬物欠缺的地方打下了電影製作的基本建設、爭取到在一般禁止攝影的地點拍攝（例如一間具千年歷史的清真寺）、鍥而不捨向當局交涉、喝了無數杯的印度茶，另外在導演拍攝時將雜音紛擾隔絕於外、確保拍攝順利進行、在事後跟導演笑談起所經歷的趣事，而不是以雜亂緊急的新聞驚擾導演。

《Pi》的第一幕──Pi漸趨成熟的鋪陳在銀幕上看起來就像一組迷人的風景畫一般輕輕帶過，但據努拉尼的說法，這「或許是印度拍攝外片有史以來最大的規模。《Pi》的基礎建設甚至超過《甘地》。」史詩般的宏大準備就為了成就最精細的枝微末節。這麼做的主要原因在於本地治里和慕那爾本身就不是拍片導向的地點。努拉尼解釋：「讓四十個人在本地治里拍片就已經是不可能的事了，更不用說我們還多了三百多人，根本沒辦法移動一百台轎車還有五十台卡車，因為城市已經比往常要擁擠三倍了。在白天，基本上沒辦法移動任何東西，這也意謂著沒辦法移動地點，所以要分批行動──一批在白天拍攝、一批在夜間移動，這也是有趣的地方，同時是我從事這個行業的原因；如果沒有挑戰性，又何來樂趣可言？」

「一切都要從零開始。」梅赫拉和一大群臨時演員、協調員還有助理共事。梅赫拉表示第二助理導演羅布‧伯吉斯（Rob Burgess）和班‧藍寧還調侃她是不是在拍《賓漢》，否則哪來這麼多助理。不過臨演可不是專業演員，他們大部分是「從大街上拉來的」，對於加入電影拍攝可以說毫無概念。不過不管是電影拍攝時大街上的幾個路人，或是在慕那爾茶園中加入四百名衣著色彩鮮豔的採茶工，抑或是動員七座村莊一千五百名村民來拍攝大廟慶典的場面鏡頭，都要有人去請來臨演並訓練他們；這個工作不只靠技巧、敏銳度、交際手段等，有些時候還得做點戲。

本地治里照片集

這些在勘景行程中所拍攝的相片反映出了本地治里的幾分風情。在十八世紀中葉英國毫不含糊的擊碎了法國在這片次大陸的殖民野心後，本地治里成了法國殘餘的最重要軍事基地。現在城市的舊街區仍留有濃厚的法式風情，包括棋盤狀的街道格局、法式風格的別墅、街道標牌和戴著法國軍用平頂帽的警察等。

小學生臨演

下面舉一個小學生當臨演的例子。皮辛‧墨利多‧帕帖爾厭倦了同學不斷拿他奇怪、取自泳池的名字開低級笑話,所以幫自己改名為「Pi」,這個場景就需要大量的小學生協助拍攝。電影開頭透過成年 Pi 的旁白敘述,呈現在觀眾眼前的是一連串快速的連續鏡頭,有眾人的嘲笑、推鬧的男孩、下定決心的十二歲 Pi 手握粉筆、一連串的黑板鏡頭還有無理數永無止

盡的延伸……直到讚嘆與佩服取代了訕笑──Pi 終於成功塑造出自己的新形象。

梅赫拉回憶:「我們需要許多小學生臨演,來自不同年紀等等,所以我們就去學校找人。我們把這些小孩帶到足球場上,我用訓練臨演的方式訓練他們,像是不要直視鏡頭之類的。但是當巨大的攝影機一出現,他們立刻把你的話忘得一乾二淨。但訓練他們超好玩。」服裝設計阿爾榮‧巴辛表示:「這些小男孩非常可愛。」他照李安的想法行事,讓小 Pi 的服裝融入其他小學生中,不顯露任何特別之處。現在打扮的有型有款的巴辛補充:「我小的時候就是上這種學校,你必須跟大家穿的一樣,即便是一支錶或一雙鞋也要一樣。然後 Pi 意識到他是特別的──每個人都和另一個人不同。」Pi 是獨一無二的一個人,這一點在數年後成為了海上旅行中的一部分,而他的覺醒或許就是在他十二歲的那年,在學校的黑板前,將他自己與他的名字劃分開來的那一幕,然後接著是他繼續在一個又一個的宗教信仰之間嘗試的轉化與蛻變。

對頁上圖：「我的名字叫做Pi」：皮辛・墨利多・帕帖爾在法文課的黑板上寫下他的新名字。

對頁下圖：李安和阿尤什・坦東（飾演十二歲的Pi）在教室裡。

上圖：李安和第一助理導演（印度）妮提亞・梅赫拉試著指導一屋子不受控制的學童臨演在預定的時間點一同大笑。

左圖：笨重的3D攝影機並不是以手持使用，不過攝影師盧卡斯・比仁（Lukasz Bielen）卻成功舉起攝影機拍攝。

三個參拜點與兩個麻煩

　　印度教信仰的多元面向從小在 Pi 心中紮根，讓他對宗教的好奇心隨著年齡增長不斷膨脹、進而帶領他探索基督與阿拉。在講述到故事中的這一段時，劇組有幸能在本地治里以及靠近本地治里的三個至美至真的參拜地點拍攝電影。

教堂

　　印度行第一個也是最後一個拍攝地點——內景選在本地治里聖玫瑰堂拍攝，外景則是慕那爾綿延的茶山，兩者結合就成了 Pi 初識基督教的場景。外景鏡頭需要大量的前製準備。梅赫拉說：「譬如在慕那爾，我們要拍的鏡頭很簡單，但一到李安手上——這也是我欣賞他的地方（還有他的做事格局），一切就不簡單了。他隨手一指跟我說：『妮提亞，妳覺不覺得我們應該給茶山的鏡頭加入一些採茶工？』在慕那爾，要上茶山就得花上四十五分鐘。」然後李安要求的不是只有幾名採茶工，是一次四、五百人的盛大景象，這也代表我們要去找來高達九百多位臨演、訓練他們，讓他們穿上鮮豔明亮的多層次印花服飾。採茶工妝點了茶山，遠望過去有幾分中國山水畫中小人小物的風味，他們給這一大片風景增添了轉瞬即逝卻又互相交融的美感。

上圖：慕那爾的採茶工。負責八百多名臨演衣著的服裝設計阿爾榮·巴辛說明：「視覺效果要五顏六色。李安希望呈現印花繁複多層次的感覺。」

對頁上圖：喀拉拉邦慕那爾茶園，從茶園上遠眺可見坦米爾納度省鄰邦。

對頁下圖：李安示範阿尤什·坦東溜進教堂的動作；小 Pi 在此處與牧師（安德烈·史蒂法諾，Andrea Stephano 飾）討論基督。

清真寺

本地治里的迦瑪清真寺是坐落在城裡小小穆斯林區的一棟優美、全白粉刷的建築，要在這裡拍攝即使是對努拉尼來說也非易事——他過去曾獲准進新德里最大的清真寺拍攝。在經過一番周折後，塵埃落定，劇組得到特別許可入內拍攝，但有一些附帶條件，例如最重要的一點就是攝影機禁止進入清真寺內比某一特定點更深的地方。劇組將藍幕懸掛在門邊，待後製才把信眾補上。努拉尼細心的與伊瑪目打好

關係，他強調：「大家都想到印度拍片，但這個才是重點中的重點。他們都是知識分子，自然知道李安這號人物。他欣賞李安的樣子——李安就是李安，簡單又誠懇。在兩人交談過後很多事情都不一樣了。」

印度神廟

《Pi》中的印度神廟素負盛名，距離本地治里約十公里。這座神廟過去不曾出借給電影拍攝，其內部的裝飾陳設可以追溯到十二世紀，比出現在一般寶萊塢歌舞片背景中的神廟歷史更悠久。

為了將 Pi（高譚·貝魯飾演五歲的 Pi）生命中佔有一席之地的印度教神秘魅力表達出來，李安加入了一場神廟的提潘慶典。提潘慶典的目的在於向毗濕奴神傳達敬意；數百名信眾圍觀數千盞油燈搖曳閃爍於水上，目眩神迷的景象使觀者無不迷醉。

李安的構想源自早期研究階段的成果——來自漂浮的毗濕奴神圖片以及提潘慶典的描述。在此類慶典中，神像會被請出來（通常在夜晚），

漂往廟中的水池中央。而竹筏上還載著婆羅門僧侶以及音樂家演唱吹奏樂曲以敬神祇，信眾則在旁圍觀。此處的本地僧侶並沒有舉行慶典的特定模式，但這樣的場景的確會有一些不可或缺的元素，像是油燈和祝禱手勢等。梅赫拉解釋：「這是我覺得印度信仰不可思議的地方。印度教中三百多萬尊神祇是如此的多元，讓這個完全是事先安排好的儀式同時顯得如此真實。」

真實的臨場感有部分歸功於一大群臨演——為這個場景而從當地多個村落中找來的所有村民。在開拍前，梅赫拉以及她的助理跟七百多名臨演先排練過一次，教導他們電影的語言，比如「Action」、「卡」是什麼意思，還有當她喊「回到原點」時他們應該走回哪個地方。梅赫拉提到：「村民圍站成一團，他們很喜歡這種經驗。他們對著我們笑，心裡一定想著這群神經病在幹嘛，然後我就跟他們說：『趕快告訴別人這有多好玩。』」

由於數位攝影機對低亮度光線很敏感，大部分的演員跟臨演在提潘慶典中都要用蠟燭光線提供輔助（因為人工照明主要打在神廟背景上）。

拍攝時每個人都要點燃油燈、放入水面，因此我們大概有三千盞水上浮燈，還有另外三千盞散落在池子四周，效果出奇的好。大衛‧沃馬克的助理黃可欣（Kho Shin Wong）說道：「我感覺我們不只是在拍一部電影。在整個過程中，李安想出電影該有的畫面，而我們則全力幫助他呈現那個畫面，而這個過程也讓整個劇組團隊的關係變得更緊密了。」李安感性回憶起這個大風吹動的夜晚：「這是非常非常有意思的一晚，具有無可比擬的神性。一整個晚上劇組就忙著點蠟燭。」妝髮設計師菲‧哈蒙（Fae Hammond）有多次到印度工作、旅遊的經驗，她說：「那是我參與拍片生涯中最最神奇的時刻。印度把我們給掏空了——但是正向的。我們放下一切，讓美不勝收的印度把我們充盈。」

對頁上圖：Pi瞥見穆斯林婦女在禱告。

對頁下圖：Pi站在清真寺門外。

上圖：本地治里附近的知名古印度神廟。廟宇中的部分建築陳設可溯及十三世紀。

「你知道李安特別的地方在哪裡嗎？他
見樹也見林。大部分國外製片團隊來到
印度要找尋大象、繽紛色彩、跳舞女郎
還有所有令人眼花繚亂的事物，他們要
的是充滿異國情調的印度，像是孔雀還
有紗麗等。但李安卻只想藉著這些過往
曾經來對比男孩後來的境遇。他一點也
不張揚。」

——服裝設計 阿爾榮·巴辛

頂圖：挑燈夜遊：五歲的Pi（高譚·貝魯飾，左）
和哥哥拉維在無神論父親（亞帝爾·胡笙飾）陪伴
下參加慶典，被河上的燈光映得臉通紅。

上圖：漂流的竹筏上載著以蛇為床的毗濕奴神像，
另一座為其妻拉西米神像。婆羅門僧侶環繞一旁，
還有音樂家在吹奏那達史瓦蘭——一種南印木管樂
器。

右圖：臨演正為提潘慶典場景點燃油燈。

製片吉爾‧奈特深表贊同，稱那晚「或許是我所有拍攝電影的回憶中，最美好的一次。」

在這個壯觀的奇景當中，還隱含著細膩的人文層次。「事實上，這個場景要表現的是小男孩的內心世界。」阿爾榮‧巴辛說道：「我想，如果我過去也有這樣的能力，能夠看透這富麗壯觀的表象底下的真實涵義，那麼我的人生或許就能有非凡的成就，這個場景令我有如此的領悟。我很高興能夠從這個角度認識印度。」

動物園故事

最後在印度某些場景的拍攝出現了臨演過多的問題，不過這還不是最令人頭痛的。最麻煩的應該是把動物弄到本地治里動物園的片場中。印度擁有世界上最嚴格的動物保護法令（尤其是涉及電影拍攝）。大型動物不得任意遷徙，但建構一個小型動物園還是可行的，像是兔子、山羊和小鳥等——還要加上一隻大象。剩下的動物都選在台灣的動物園拍攝，另外後製也添加了許多數位繪製的生物。

至於片中的孟加拉虎則是出生、成長、受訓於法國和加拿大，並被送往台中片場拍攝的。

對頁上圖：長頸鹿的定位替身，之後會以數位繪製補上。

對頁下圖：小螢幕上Pi的母親（塔布飾）正在悉心照料植物園中的植物。

上圖：Pi向阿南蒂炫耀理查‧帕克。（這個真實的老虎展區反拍鏡頭攝於台灣）

左圖：美術指導大衛‧葛羅曼與李安討論動物園細節。

四隻老虎和一隻鬣狗

　　現在來見見四隻真實的大型貓科動物和一隻鬣狗吧！牠們是Pi在海上的漂流旅伴。毫無疑問的，拍攝老虎的過程絕對不比拍人容易，因為這既不能線性拍攝也沒有預測性可言。大衛·提科汀（David Ticotin）的團隊花了最長時間與國王和其他動物相處，他觀察到：「跟動物合作，你必須記住一件事──明天不同於今天、下一刻也不會和這一刻相同。我們只能開著攝影機持續的拍攝。」他補充道：「必須一直開著攝影機。」

　　不過最後，每隻老虎都完成了自己的任務，成就了理查·帕克的銀幕表現。做為理查·帕克的主要原型，國王有最多特寫鏡頭，比其他老虎都要多得多，但除了後製時動畫師補強的更多細節參考鏡頭外，其他老虎也有一些亮眼的銀幕表現。

對頁圖：據馴獸師堤利·勒波堤耶描述，國王「聰慧異常、耀眼奪目」，為虎中之王。上圖左：「明」，國王漂亮的姐姐，勒波堤耶說牠「冷靜自持」，但在鏡頭前明顯露出奔放野性的一面。上圖右上：看起來很不好惹的「西蜜斯」實際上是位很專業的演員，曾出演《雙虎奇緣》。上圖右下：劇組稱第四隻老虎「喬納斯」是「溫馴小貓」，牠的馴獸師是來自加拿大的尼爾·希金斯（Niall Higgins）。右圖：除了大型貓科動物，勒波堤耶把「弗拉德」——一隻斑點鬣狗也帶到片場（勒波堤耶還養了其他六隻鬣狗）。拍片尾聲弗拉德和李安結為密友，李安表示：「我很喜歡弗拉德；我搔牠脖子的時候牠會發出奇怪的尖叫聲。我應該是唯一一個除了馴獸師以外能搔牠脖子的人。」

在台中拍攝老虎

印度拍攝部分結束後，《Pi》分成兩條平行製作線，第二條線拉到台灣，由第一助理導演大衛‧提科汀負責，拍攝動物在各種特定情境中的作息和反應，最後再與沙瑪在造浪池的演出結合（《Pi》中的兩位共同主演絕對不能出現在同一個時空中，只能在數位後製上交集）。提科汀指出：「每個鏡頭都要剪輯成李安設計的多個場景鏡頭。」這樣算起來有無數個鏡頭要拍攝。

當老虎馴獸師忙著給動物排練時，由視覺特效總監比爾‧威斯坦霍佛和特效後製蘇珊‧麥勞德（Susan MacLeod）所帶領的團隊也全神貫注的觀察這些攝錄過程，最終就是為了打造出一個全老虎細節的圖像庫──例如老虎走路時爪子如何抓地、動物是怎麼打呵欠、伸懶腰、和老虎肚皮（像家貓一樣鬆垮下垂）在漫步時又是如何來回晃動等等，這些都是後製時理查‧帕克的數位繪製原始素材。

皮辛・墨利多游泳池

　　劇組一邊忙著與老虎共事時，在隔壁的柏油跑道上，大型的巴黎知名裝飾藝術泳池——皮辛・墨利多游泳池也一邊如火如荼的重建。搭建皮辛・墨利多・帕帖爾泳池的原因是，在成年 Pi 敘述自己如何得到這個名字時，電影中會短暫出現泳池畫面。Pi 的乾叔叔「媽媽吉」很喜歡皮辛・墨利多游泳池，認為這個游泳池是全世界最美最純淨的游泳池。因為這個電影片段，在一個反常的三月冷天裡，一百二十個臨演扮成一九五〇年代準備接受陽光洗禮的巴黎泳客；他們擦上亮紅色的唇彩、穿著鑲邊的淡色比基尼抵達台中，開始工作。

　　服裝設計阿爾榮・巴辛拋開在本地治里場景中所走的低調簡樸風，放手設計泳池場景的服裝。巴辛和美術指導大衛・葛羅曼合作創造出非常特別的色調組合，帶出人造感同時又順應歷史的真實性。

對頁圖：西蜜斯準備拍攝特寫鏡頭。頂圖：喬納斯展露出內在的家貓性格。牠的動作被用在理查・帕克出手猛擊一群飛魚的場景裡。上圖：Pi的乾叔叔「媽媽吉」在最純淨的皮辛・墨利多泳池中游泳。

上圖：美術部參照舊明
信片建構出想像中的一
九五〇年代皮辛・墨利
多游泳池。

右圖：皮辛・墨利多泳
池片場。

對頁左圖：副導演李青曄
在台中跑透透、貼傳單
尋找歐洲臨演。

對頁右圖：臨演拍片要
求，內容從拖鞋涵蓋到
化妝等。

ISCINE MOLITOR

《少年Pi的奇幻漂流》
試鏡招募

我們正在為一場 **復古巴黎泳池**
場景尋找具歐洲臉孔的臨時演員。

如果你有任何感興趣的親朋好友，
歡迎聯絡李青曄。

Pool Party!

Life of Pi

備忘錄
[讓我們演一場精彩好戲吧！]

預定拍片日期兩天，分別為
三月三日（星期四）和三月十四日（星期一）。

請準備下列物品：

1. 一件（防水）外套／浴袍／大浴巾：在片場等待時
能保暖或避免太陽曬傷（請注意，我們會在一些臨
演身上著色以加強膚色，因此切勿帶昂貴衣物）。

2. 拖鞋／人字拖／涼鞋：以便在片場舒適走動。

3. 女士請勿化妝，但請擦上正紅色的腳趾甲油
（化妝師會負責手部的指甲油彩繪）。

　　「感覺有點像是虛構的，但事實上不是這樣。」阿爾榮·巴辛談起如夢似幻的布景及裝束。他補充：「這個 Pi 小時候聽到的故事意義重大，是誰跟誰講的故事？這有幾分道聽塗說（話筒傳話遊戲）的味道，最後到這裡我們要把它給視覺化還是忍不住問說：『真的是這樣嗎？』還是說這是經過無數個人加油添醋得來的？」

　　以神廟的提潘慶典為例，事實上《Pi》整部電影皆然——李安建構的世界其存在理由就是為了塑造一個小小人物。在這裡，媽媽吉——Pi 的游泳老師兼泳池鑑賞家（由沙瑪的瑜珈老師厄里亞·亞洛夫飾演）神聖且泰然的站姿就好似站在一條聖河邊、準備跳進去。當他跳入水中，皮辛·墨利多泳池的水閃著亮光蕩漾開來（輔以 3D 技術），就在那個片刻，媽媽吉讚嘆泳池的水純淨無瑕，甚至能淨化靈魂的評論也讓人點頭認同。

上圖：二〇〇九年的皮辛·墨利多游泳池。泳池已棄置多年，如今只餘一片塗鴉，但有關單位正在計劃將泳池改建為全新的運動場。右上圖：Pi 朝麥加方向跪下禮拜。下圖：休息時間塔布靠在 Pi 的十六歲哥哥拉維身上，而一旁的亞帝爾·胡笙正與導演討論場景。對頁上圖：李安和塔布一起繪製片中 Pi 的母親所畫的「kolam」。這個幾何圖型的素材為麵粉；很多南印度人家會在門前鋪撒裝飾以表示歡迎來客、招來財富與驅散惡鬼。對頁下圖：十二歲的 Pi 在晚飯前禱告。

Pi 遠離印度的家

　　二〇一一年二月十一日，劇組和印度卡司回到台中，拍攝 Pi 攝影棚內的家庭生活。Pi 童年的家是他經歷三種信仰階段的場景所在。六天後，室內拍攝完畢，帕帖爾的家也跟著說再見。在印度，不管是真實或是後來搭建的場景都將永久成為歷史。在奇桑號甲板上與印度道別的簡短場景，關上貨艙的那一刻，也同時關閉了電影的第一幕，而成為「過去」。五天後，沙瑪已經漂流在太平洋上，就如同 Pi 最終離開了家鄉一般，電影製作也揮別舊時光、邁向新階段。

Pi 之生命、
蘇瑞吉之旅程

電影開拍初始，蘇瑞吉·沙瑪尚有年齡較長、經歷較多的演員作陪，他與他們互動；大家一起拍片、共同承擔壓力。現在這些演員功成身退了。下台一鞠躬的還不只他們，印度的活力生機包括神廟、蠟燭、山巒還有色彩等也塵封在往昔。沙瑪真真正正的孑然一身了──在小筏或救生艇上、在造浪池中或平衡環上，只剩大片大片無邊無際的人造藍幕包圍他。偌大的天地之間彷彿只剩他與理查·帕克（理查·帕克即使沒有出現在片場也有替身──不同老虎形狀的物品當作占位符；另外尚有其他動物的占位符）。

要如何日復一日對著空氣演戲？李安主張這並非不可能的事：「如果天分夠，每個人都做得到。」他讓沙瑪花一些時間看著真老虎演，但大多數的時候導演的信念是：「演戲就是一種假裝、純粹的假裝。演員可以借助經驗或其他東西來演戲，最重要的還是呈現出來的結果，還有觀眾買不買單。當然如果演員買單導演也買單，那麼這是好的一步，但這一步並不等於最後結果。所以我不相信要演什麼就一定要經歷過什麼。」

即便如此，沙瑪仍然感覺自己在拍另一部截然不同的電影，他說：「在印度，我可以跟其他人互動，演起來就簡單一點，因為我不用全部靠想像，他們真的在我面前、是有表情的，我可以對這些表情做出反應。」

不過現在，就像小說裡的 Pi，沙瑪要開始單打獨鬥了。

水的試煉

隻身一人，但沒有真的漂流在海上，沙瑪學會了游泳、也學會了潛水。他接受訓練、做好準備、眼觀四面並且耳聽八方。他很快的掌握各個部門間的分工以及合作。場記瑪麗·西布爾斯基回憶：「沙瑪就像我們這些工作人員，他幫忙許多拍片瑣事；像是重新擺好自己的道具，也協助部門間的事物交接移轉等。」即使沙瑪與導演相處的時間只剩開拍前的一、兩分鐘（沙瑪都以中文的「導演」尊稱李安），他已經將李安在前製時一對一指導他的大部分內容給內化吸收了。

沙瑪坦承：「一開始很恐怖，因為我怕水；

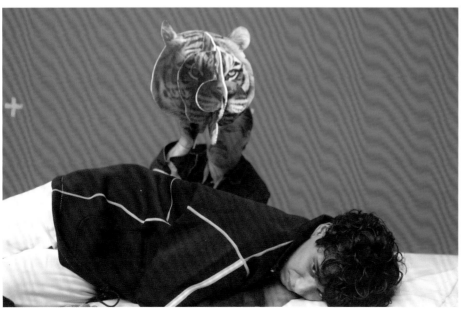

對頁圖：跟本地治里說再見：李安和沙瑪正在思量電影製作從印度到太平洋上的轉變。

上圖：最後再看一眼奇桑號貨艙中的帕帕爾動物園。

左圖：理查·帕克的實物模型頭。這個模型用於協助電影拍攝的鏡頭建構，以利後製時添加數位繪製的老虎。

但我試著不要看藍幕，反而盯著海看、希望看到 Pi 的視界。」

最初，Pi 和蘇瑞吉的故事是兩條平行線，但其中的共通點展現在兩條線皆呈直線上升的趨勢；因為 Pi 逐漸掌握周圍的自然環境，而沙瑪得以運用幾個月下來由特技統籌查理·克魯維爾與其子卡麥隆給他的體能訓練來展現成果。雖然這不是必然的結局，但一開始，李安就傾向由沙瑪完成大部分的特技而不靠替身。這個部分是 3D 拍攝的結果——或說是李安的 3D 拍攝的結果——偏向長鏡頭和一台相對靜態的攝影機而非大量的動作和剪輯。威廉·康納解釋：「李安認為 3D 感受不應該被大量的拍攝角度切得支離破碎。一旦投入就應該深入，不要有太多的匯集。」所以在沙瑪和長鏡頭間或是沙瑪和替身頭部背影之間剪接的機會是少之又少。

即便如此，沙瑪的安全卻也不能拿來冒險。

在春寒料峭的異常天氣中，沙瑪幾乎天天都待在戶外、泡在水中；拍攝完畢他竟然沒有生病也堪稱奇蹟。

表演特技的零傷害，從另一個角度來看要歸功於事前萬全的準備。查理·克魯維爾表示：「你必須事先估計好『驚險表演』。」他換了一個詞來取代「特技」。他接著說：「在讓演員從事驚險表演之前每次都要親身測試過。」這也是克魯維爾叫卡麥隆上陣的原因。他舉例：「有一幕是大浪要把蘇瑞吉拋高，再使勁將他拍到船上，蘇瑞吉要乘在浪上。我們和卡麥隆想到了一個辦法，在弄懂最困難的部分後，我們找來蘇瑞吉的替身尼基斯·湯瑪士（Nikeeth Thomas）測試演練一遍給蘇瑞吉看。接著讓蘇瑞吉親自在水中浪裡演出，我們能做的只是不斷嘗試；但事實證明蘇瑞吉很厲害，他表演得相當好。」

雖然蘇瑞吉身上有吊鋼絲，但大浪的力量也

不容小覷，即使是人造浪也有不可預期之處——事實上，在某種程度上也應該如此；人造浪畢竟是為了真實感而生。沙瑪的天賦異稟——輔以克魯維爾後援團隊的訓練以及全力支持，在初期即顯露無遺。這名年輕演員將密集的訓練和他樂意多方嘗試的態度結合，轉化為他致勝的秘訣。沙瑪曾透露：「每次開啟特效的時候我都覺得很有意思，有大雨還有大風……真的很好玩。」

另一個沙瑪表演的「奇桑號沉船特技」沒有怎麼嚇到他，倒是讓圍觀的劇組成員們捏了一把冷汗——俗稱的桶式橫滾特技。奇桑號在風暴中下沉，救生艇從水面下浮出來並翻轉，而這時候沙瑪就要演出橫滾美技——Pi緊抓住防水布，同時跟著救生艇翻轉不落水。這個不同以往的特技說明了水中的時間掌握非常重要。

李安和克魯維爾看著繩索吊掛的救生艇以翻覆姿態垂落水中，蘇瑞吉·沙瑪被綁在防水布上（呼吸器在一旁待命），接著救生艇一側掀起、在大浪湧落間維持半掀狀態；大浪交替打在演員身上。導演表示：「要先注意海浪，再考慮光源跟攝影機。你要先觀察水，次序不能顛倒，不然就會浪費三個小時。你要真正掌握水勢。」李安等待一個他滿意的大浪來時，一聲「action」之後換克魯維爾等待大浪落至最低點好讓特技上場發揮。他做了個指示，救生艇就落入浪低處，在特別設計的空隙裡從水下冒出、翻轉，沙瑪在大浪中現身，此刻他看起來不像被綁在船上，反而呈現為生命拼搏、緊緊不放手的緊張感。

經驗告訴克魯維爾，表演特技並不只是簡單的體能訓練就能達成的。他指出：「要表演這些特技必須靠特殊天分，要嘛做得很好、要嘛做不來。蘇瑞吉毫無疑問屬於前者；他能掌握好時機、協調性也很好，好像天生就有這種本事，只是他自己不知道而已。」

對頁圖：大浪捲拋特技：一個湧浪打過來把蘇瑞吉·沙瑪捲高，然後再借著鋼絲輔助將他拋摔至船上。

本頁右圖由上至下：桶式橫滾特技：1.救生艇顛倒懸掛（此時沙瑪已在船「下」等待）。2.李安大喊「action」，救生艇沉入海中，接著再浮出水面。3.然後翻轉，沙瑪驚險的緊抓著船的一側。 4.可以喘一口氣了。

克魯維爾認為沙瑪在電影中最困難的特技演出當屬深水潛泳，這也是奇桑號場景中的一部分（不過兩者為分開拍攝，深水潛泳到後期才拍）。奇桑號沉船的場景最開始有一幕是 Pi 往水面下游到灌滿水的船艙廊道裡——在水湳機場其中一座飛機庫的深水水槽中搭建近十八公尺長的布景——找尋父母親。隨後不久，在狂風暴雨之中、沙瑪在海面上載浮載沉，睜眼看著貨輪沉入海中，嚐到了生命中不可承受的失去家人之痛苦。

「這兩個場景尤其需要長時間憋氣。」克魯維爾指導沙瑪提高肺活量。他補充：「演員還要有絕佳的水下控制能力才行；要能潛泳——在沒有潛水面罩和潛水鏡的前提下，他還要能在指定的點上停留、了解浮力控制學並且能夠依指定的方向游回來，另外還要避免被鯊魚衝撞等等。如果他能做到這些的話，基本上沒有任何事能難倒他了。」

沙瑪的確做到了。

上圖：沙瑪正為Pi的奮力一跳做準備。

中圖：Pi潛泳在近十八公尺長的奇桑號廊道中找尋父母。

下圖：蘇瑞吉·沙瑪在水面下停留、正在拍攝難度最高的特技之一；這個特技考驗包含複雜的動作和長時間的憋氣功力。

蘇瑞吉·沙瑪：影劇圈中最賣命的男人

　　每張電影劇照都各自代表影片拍攝中驚心動魄又懾人心魂的一刻——通常是Pi迅速躲過理查·帕克的襲擊或被風雨湧浪擊倒在一邊等等。但把所有照片放在一起看——然後試著想像還有成千上萬類似的照片、再想像有更多劇照攝影師沒有捕捉下來的漏網照片——蘇瑞吉·沙瑪英勇、滑稽並存的工作樣貌就會逐漸浮現。即使擁有完善的救援系統和後援，就算只是單純的掉進水中也不是小事情，偏偏沙瑪就是不停的落水，一次又一次、場景復場景，他總是在不經意間就又掉進水裡。

搖晃與轉動：來個平衡環吧！

幾乎每組造浪池拍攝的主要連續鏡頭中，都會有幾個鏡頭要在固定於平衡環的救生艇上拍攝。平衡環能在拍特寫的時候設定重複一組動作，這是最精密的造浪池也比不上的地方。例如在拍Pi緊抓著木槳、眼睜睜看著奇桑號下沉、失去家人而放聲哭喊時就需要借助平衡環。另外平衡環也能使用在特別複雜的鏡頭上——需要精準的動作設計的鏡頭，譬如救生艇從沉船上鬆脫並在浪裡高速旋轉後的幾分鐘（這是用一個巨大的平衡環外加頂部的旋轉器和蜘蛛機拍攝完成的）。

除了大的平衡環外，還有較小的平衡環供簡單動作、手動控制還有拍攝老虎使用，「旋轉式烤肉」艇就是一例。它得名原因來自救生艇在一條軸線上來回轉動的模式——特效部為了「神的風暴」這一個場面發明的變態高明裝置；Pi撤到救生艇的防水布下跟理查・帕克一同等壞天氣過去時就用了「旋轉式烤肉」艇。看這個效果的拍攝影片，就好像在看一個人在自助洗衣店的洗衣機中經歷高速洗滌模式。

左圖：在奇桑號沉船的隔天早晨，準備拍攝Pi的特寫。下圖：Pi睜眼看著奇桑號沉沒，奪走了他所有知悉的一切。對頁左上圖：神的風暴場面中的一部分，攝於平衡環上。蘇瑞吉・沙瑪身後有一個蓄滿水的大型儲水槽，等待著……對頁右上圖：來了！前景是平衡環操作員。雖然平衡環的主程式都已設定好，操作員還是能用轉向裝置做一些調整。對頁下圖：工作中的「旋轉式烤肉」艇，用在神的風暴的場景裡：救生艇來回轉動，沙瑪常常泡在水裡。

在神的風暴前的數個場景，Pi 的旅程還是以身體直覺反應為主，畢竟他面對的是掙扎求生的時刻，他要熟悉掌握周圍環境和理查・帕克。李安談到 Pi 這個角色還有沙瑪飾演 Pi 漸豐的表演自信就說：「他表現得越來越好、也越來越自在。」但神的風暴——讓奇桑號永沉於海的姐妹風暴，所代表的是 Pi 旅程中的轉折時刻。電影的場景用許多不同的方式標誌出沙瑪轉變至另一個階段——這種轉變有部分來自導演的精心安排。此時電影已經進入一個較神性的階段，Pi 將自我與周圍廣大的未知融為一體——這也是李安請沙瑪探索發掘的世界。

李安給沙瑪的 iPod 做了幾個播放清單——被稱作「毛骨悚然的聖樂」，他說：「這已經不再是肉身表演了，我希望看到他充滿靈性的眼神。」這些音樂大多數是聖歌，從古典的葛利果聖歌到匈牙利作曲家李格悌（György Ligeti）前衛的安魂曲（史丹利・庫柏力克〔Stanley Kubrick〕在《2001 太空漫遊》就很巧妙地運用這首歌曲）。李安描述：「我開始跟他談哲學、談信仰，其中一個很好的辦法是，我讓他每天晚上開始禱告。他要跪在床邊，但不是叫他向任何一位神明禱告；他想像出一個最合適的對象——跟那個人講話並告解。」瑜珈也在此時派上用場；李安補充：「然後我讓他盡量不要跟人說話、交流，也請旁邊的人不要打擾他，就讓他靜靜的待在一旁。」

下圖：蘇瑞吉・沙瑪在小螢幕上的臉，鏡頭捕捉到Pi逐漸與現實脫離。對頁圖：漂流在海上的Pi。

「在電影中的這部分，風暴的這部分，有大量的表演，但同時也與生存密切相關——生存以某種方式根植於所有人心中。」

——蘇瑞吉・沙瑪

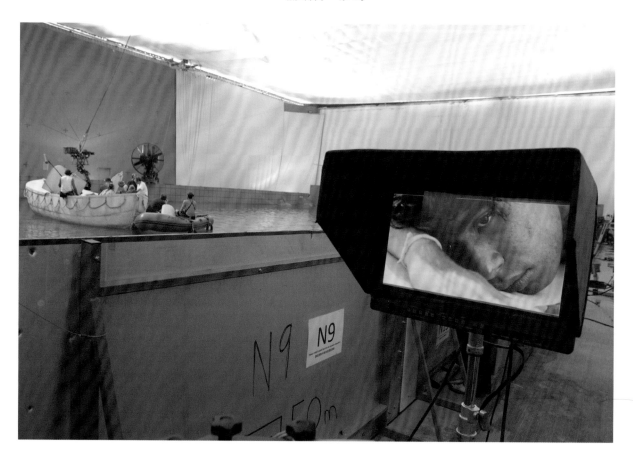

完成的肉身特技表演相比，有著更強烈的重要性。

預定的海灘登陸拍片行程因雨取消，之後登陸場景就以最簡單的方式拍攝：在南台灣一個小鄉鎮的校車停車場屋頂下掛起可攜式藍幕、前面擺上救生艇。李安表示：「無法在最適當的環境下拍攝我感到有些抱歉，但那時候蘇瑞吉已經是個相當優秀的演員了，所以『我只能繼續拍下去』。」

李安發現了沙瑪很沮喪，他說：「我走上前安慰他：『這是我們要做的，不會有問題。』他告訴我他無法進入狀況。」

沙瑪回憶：「我努力逼自己把哀傷的事情裝進腦袋，然後想著我們所經歷過的所有點滴，還有這一切就要忽然結束了，但我還是哭不出來。」

李安喊了「卡」，把沙瑪帶到一旁開導。李安指出：「他的角色 Pi 的哭泣是有深度蘊含的；在旅程中所經歷的一切、所失去的一切，伴隨漂流在海上的深層疲倦，這些都堆疊起來成為他悲傷的不同層次。」於是「我給他一個層次」，讓他從最基本的悲傷演起；我指示他：『你和老虎都要死了』。」沙瑪就重溫一次那感覺。李安說：「這次好一點，不過還

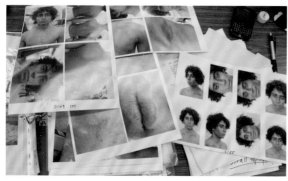

　　所有的一切都是為了使沙瑪符合 Pi 這個角色，以便在電影裡最難的兩場情感戲中有所發揮，尤其是在電影尾聲墨西哥醫院的那一幕——Pi 冗長且高難度的獨白敘述（也是這場戲讓沙瑪一開始就拿下 Pi 這個角色）。另外則是神的風暴過後，Pi 認為自己和理查・帕克已命在旦夕的那一幕——這一幕在某種程度上也跟前者同等重要，至少能在演技上幫助沙瑪為墨西哥醫院的那一幕做準備。在 Pi 和理查・帕克共同面對死亡的時刻，沙瑪必須哭出來，對他來說這個情感的挑戰跟他截至當前為止所

差一些。」於是他繼續告訴沙瑪下一個層次：「你和老虎要死了，你失去了一切。」接著是另一個鏡頭、另一個層次，李安回憶說：「最後一個層次是疲乏感。演技描述真的很抽象，這是最具體的方法了。在某些時候談到身體的機能反應時你得描述要怎麼做，這是自然現象、人都會疲倦。」這也是李安傳授給沙瑪的層次：「你和老虎都快要死了、你失去了一切、你非常非常疲憊，疲憊到身體都失去感覺。」

攝影機開始轉動，沙瑪哭了。

場記瑪麗·西布爾斯基嘆服不已：「蘇瑞吉真的被李安帶到情緒裡了。他哭得毫無保留；我相信絕大多數的中學生做不到，甚至絕大部分的成年演員也做不到。」李安解釋：「蘇瑞吉要表達出多種層次的驚恐與失神——身體的麻木，然後觸碰到情感的深處。他不只是流眼淚而已，前後者的距離天差地別。」

李安稱讚他：「演得很好，拍到第三次的時候全場為之動容。」他停頓了一會說：「我深深以蘇瑞吉為榮。」

他把稱讚送給了蘇瑞吉。

對頁上圖：李安和妝髮設計師菲·哈蒙正為沙瑪做最後修飾。對頁下圖：裝髮部提供的活頁夾照片，這是Pi旅程中的後期造型。上圖：導演和演員。下圖：如何撫慰一隻垂死的老虎：李安為沙瑪設計位置及動作。

「蘇瑞吉成為我們所有人的另一種精
神導師。我們看著他盡全力拼搏,努
力讓自己不生病、保護自己不受傷等
等;他的所有反應都是最真誠的,這
是他第一次的演出。劇組相當欣賞這
種演員,因為蘇瑞吉提醒了我們所有
人從事電影業的初衷。」
——李安

上圖:「我們要死了,理查·帕克。」虛弱的老虎讓男孩與
野獸之間有身體碰觸的機會。

頂圖:藍色的填充娃娃在數位後製時換成了老虎。

印度風采：
瑪麗‧艾倫‧馬克作品集

攝影師瑪麗‧艾倫‧馬克（Mary Ellen Mark）曾捕捉許多電影中的經典人物肖像，集結成冊──《幕後光影四十載：片場攝影集》（*Seen Behind the Scenes: Forty Years of Photographing on Set*）；作品中看得到費德里柯‧費里尼（Federico Fellini）在《愛情神話》的片場中使用大聲公時露出那敦實粗壯的線條美，也可以看到馬龍‧白蘭度（Marlon Brando，一隻巨大的甲蟲突顯他剃得光潔的頭頂）在法蘭西斯‧柯波拉（Francis Ford Coppola）的《現代啟示錄》中抬頭凝望觀者，帶著鬼魅般的陰暗嘲諷表情。縱然瑪麗拍出許多經典相片，她主要仍致力於透過專題攝影呈現社會的邊緣人、飽受欺壓的弱勢族群與行為反常者，例如在婦女精神病房中的病患、波蘭街頭的孩童和孟買的妓女等等；其中後者成了她的攝影作品集《福克蘭路──孟買妓女》主角，本書是她與印度建立的長久關係中的早期成果之一；這本書給瑪麗帶來許多啟發，之後她的關注視角投到了印度馬戲團和街頭藝人上。

瑪麗在印度的工作背景加上靈敏的感受力讓她成為電影《Pi》在印度擔任攝影的不二人選。她也在電影拍攝的最後幾天現身片場，到墾丁的海水浴場協助拍攝相片，包括Pi向理查‧帕克道別和他在墨西哥上岸的時刻等。劇照攝影師菲爾‧布雷、彼得‧索列爾（Peter Sorel）和傑克‧奈特（Jake Netter）等人的作品之外，因有馬克的陳舊復古風加入，為整體的劇照攝影增色不少。在這個一切向數位看齊的世界裡，瑪麗仍對懷舊黑白風戀戀不捨；她用飽經風霜的萊卡相機追逐光影變化，用舊式電影的銀鹽乳劑留住主角的靈魂。

上圖：攝影師瑪麗‧艾倫‧馬克和一群臨演在清真寺場景的拍片現場。

左圖：「李安表情豐富──不過他得先把帽子拿下來。」

──瑪麗‧艾倫‧馬克

對頁左上圖：亞帝爾·胡笙飾演桑陀旭·帕帖爾（Pi的父親）。對頁右上圖：薛門錫·莎娜飾演阿南蒂——擄獲Pi的婆羅多舞舞者。對頁下圖：塔布飾演姬塔·帕帖爾（Gita Patel，Pi的母親）。頂圖與左上圖：阿尤什·坦登飾演十二歲的Pi。右圖：蘇瑞吉·沙瑪與薛門錫·莎娜。

上圖：骨牌效應：
學童臨演在電影拍
攝空檔休息。

右圖：從本地治里
穆斯林區找來的臨
演，這些男人在臨
演等候區等待上
場。

對頁圖：休息中的
蘇瑞吉・沙瑪。

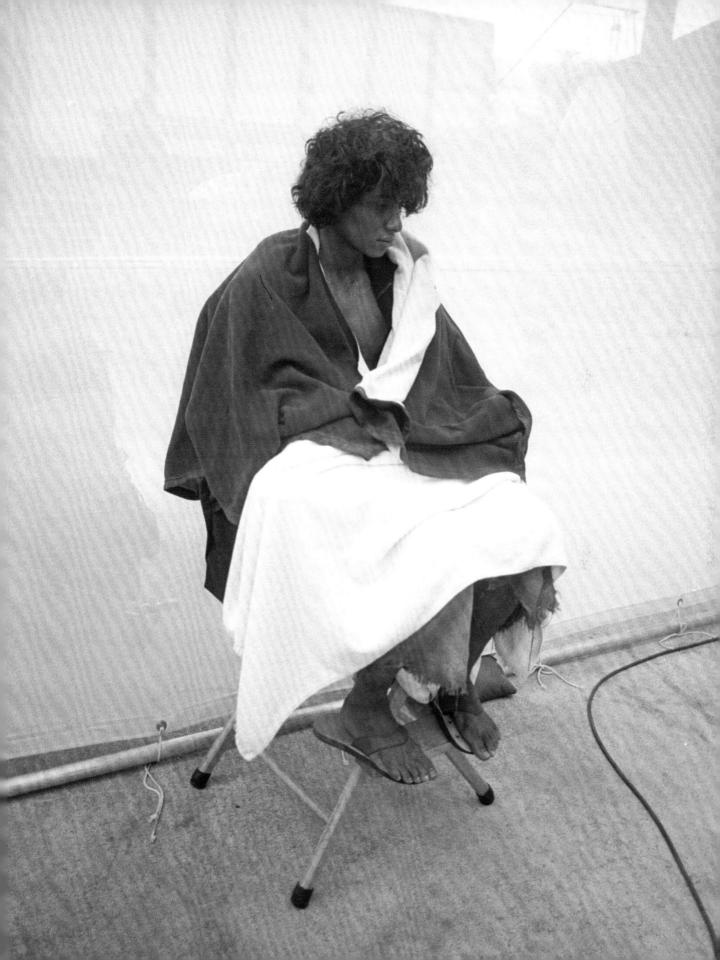

4 抵岸：後製階段

在一個凜冽的冬日午後，李安和特效後製蘇珊‧麥勞德與剪接師提姆‧史奎爾舒適的坐在導演位於紐約市的剪輯放映室中觀賞《Pi》後段的一個場景，而一旁參與視訊會議的是遠在洛杉磯的視覺特效總監比爾‧威斯坦霍佛和動畫總監艾瑞克-簡‧狄波爾（Erik-Jan de Boer）。

這個場景描繪的是，Pi 歷經千辛萬苦才握在手中的小小世界，開始在日復一日單調孤寂的壓力下瓦解崩塌。大家緊盯著蘇瑞吉‧沙瑪沿著救生艇的防水布匍匐行進、模仿老虎的動作和吼叫聲；理查‧帕克則慵懶的躺在幾公尺外。

李安指示：「理查‧帕克的胸腔起伏要與 Pi 一致。」他還注意到此時電影中還未添上足夠的骨頭根數。他又說：「或許理查‧帕克根本不應該注視 Pi。」

談到 Pi 試著跟老虎溝通的那一幕。李安曾詢問大家理查‧帕克應該怎麼回應？有人回答讓理查‧帕克發出示好的回應聲怎麼樣？——一種老虎特有的安靜噴氣聲（表示友好或至少是無攻擊意圖的聲音）。「我想理查‧帕克唯一要說的應該是：『你在說什麼？』」史奎爾來個妙答。

「你在跟我說話？」有人用勞勃‧狄尼洛的說話方式模仿街頭小霸虎開了一個玩笑，現場傳出一陣笑聲。

最後這個讓理查‧帕克發出示好聲音的主意並沒有被採納，因為 Pi 的挑釁最後惹毛了理查‧帕克、還讓老虎不耐煩的撲向他。

李安把這個場景的剩下部分看完之後評論：「頭的動作太大了，都沒有注意到理查‧帕克的眼睛。」導演非常講究小細節，因為他想要讓觀眾在主觀層面上意識到大貓存在的衝擊性。導演繼續說：「老虎追向 Pi 的時候攻擊性又太強；理查‧帕克是在責備 Pi，不是要把他吃掉，不應該看起來這麼可怕。」

這天的兩個鐘頭就花在老虎身上。大家重新看了老虎的演出，就理查‧帕克少部分場景中的位置或動作提出評論及意見。雖然已經進入後製

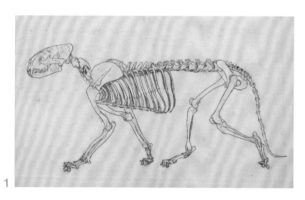

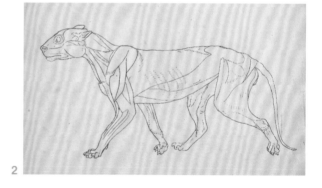

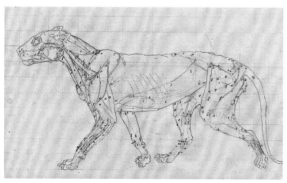

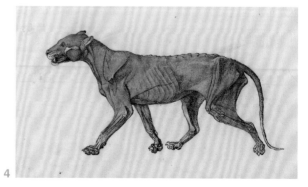

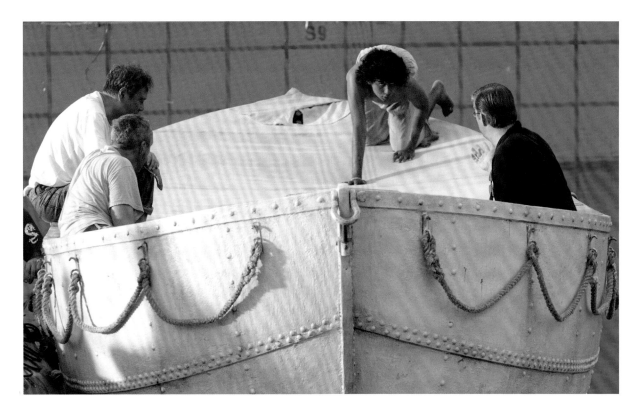

「我要忘掉在拍片過程中的所思所念；我大概有一年多的時間沉浸在拍片過程中的種種討論、夢境、準備以及拍攝。我花了一個月的時間才淡忘這些，正視自己僅有的基本素材。」

——李安

階段，但有一種李安在給真實演員提醒並指點的奇妙感覺——差別只在於真實演員要比大型的高貴貓科動物來得更有反應些。即使花更多時間與動物相處的勒波堤耶都不及李安在這個階段的一大優勢——他有來自 R&H 公司將近五十名動畫師專心在老虎動作設計上的協助。R&H 以現實中的老虎「國王」為基準創作出一隻幾可亂真的數位繪製大貓——能做到所有導演要求的動作。

因此當李安提到理查‧帕克跟 Pi 交談的那一幕要低調一些、降低攻擊感時，動畫公司提供了該場景的另一個鏡頭；老虎就像一位認真專業的演員一樣，做出相應的改變。如果這個鏡頭仍然沒有達到導演的標準，老虎還可以再繼續演，演出無數個鏡頭，直到導演滿意為止。

提姆‧史奎爾——李安導演的御用剪接師對《Pi》抱著一種矛盾的心態。從傳統剪接角度出發，《Pi》的工作對史奎爾來說應該是較游刃有餘

的。史奎爾點出：「通常他們會拍好全部鏡頭然後交給我。我再負責把場景連接起來。但《Pi》不一樣——他們給我一個已經擬好的方案。」除了幾個在印度的場景和敘事框架外，這個預拍攝所使用的方案已經決定好電影大致的拍攝方式。史奎爾並不全是因為這樣而綁手綁腳——他當然還是能做一些變化——他的任務受限原因在於，這是個難度很高的科技運用拍攝，而李安和劇組團隊提供的拍攝鏡頭卻頗為精簡。

第134-135頁圖：Pi 看著奇桑號往下沉。對頁圖：四張插圖選自英國動物畫家喬治‧斯塔布斯（George Stubbs）之《人體結構與老虎家禽比較》（*Structure of the Human Body with That of a Tiger and a Common Fowl*）（一七九五年至一八〇六年）。《Pi》的動畫師以老虎骨骼結構研究和實驗觀察為據，反向操作解剖學，把動物從內而外的形象建構出來。上圖：老虎 Pi：蘇瑞吉‧沙瑪正練習貓科動物的步態。

「在法文我們說：『Le metteur en scène c'est le bon Dieu』（導演是個上帝）。」
——堤利·勒波堤耶

在台中的拍攝沒有足夠多的鏡頭讓剪接師發揮。

但從另一個角度來看，《Pi》卻給剪接師提供了一個絕妙的剪接機會。史奎爾表明：「在一般電影，演出多少是多少，我拿到的七個鏡頭就是演出全部，不多也不少，但是《Pi》就不一樣了；理查·帕克還沒來、大浪也還沒造，電影的製作跟後製階段融在一起、無法明確的一刀切分。剪接特效電影像是《綠巨人浩克》或《Pi》我就得加入演出創造；通常剪接師的工作不包括創造這一項。」

史奎爾將「老虎」和「海浪」與「電影演出」相提並論。想像李安拿著老式的大聲公在一片嘈雜聲中大喊、真的來「指導」海浪該如何演出是一件很奇怪的事，不過他還真的這樣做了，只不過是以虛擬的方式進行、與MPC（總部位於溫哥華的特效公司，負責激起電影中的兩個大風暴——奇桑號風暴和神的風暴）公司合作。李安在MPC進行數學模擬前已經先口述了他理想中基本的海浪形狀，所以特效團隊就要負責達到導演的要求，另外得模擬出在特定風暴環境下海面不同的波動變量。這可不是什麼小要求，或許還是特效製造中最複雜的一類。

雖然後製的任務分給不同公司負責，但對於李安和史奎爾而言，後製過程始於影像後製（拍攝結束之後所的做另一種版本的預拍攝）上；他們必須修改現有的影像，或者創造一個粗略的老虎新形象，還要處理其他效果等等，這些都是剪接師和導演的工作。他們與影像後製藝術家合作，決定了大致的位置動作——老虎在場景中出現在哪裡、如何走位等等。這些設計為R&H公司提供了一系列指令說明，或者說是討論的基礎。

上圖：在Pi翻閱《生存手冊》的場景裡，剪接師提姆·史奎爾給Pi的演出畫面中剪入了一個蒙太奇畫面，讓Pi的閱讀表情與手冊的內容圖像結合起來。

找回舊時空

　　在印度的拍攝，只有某些時刻要以特殊效果來展現故事的時空背景，電影裡大部分的印度部分皆為現場拍攝，很少用效果輔助。在效果上採用的傳統技法像是接景（特別是慕那爾的連續鏡頭背景）以及簡單的圖板畫面（用來增添視覺印象的鏡頭）等讓單一鏡頭或場景能在不同、獨立的元素組合下達到實際或美學的目的。

　　在本地治里運河旁的十字路口，這個特別鏡頭用了最多圖板畫面──傳說中這個十字路口在殖民時期扮演著將法屬印度區和坦米爾省（印度）區分開來的角色。電影中應該簡短呈現一九五四年代在法國統治下的城市風華，但實際上十字路口的景象早已隨時空轉換遷移；大部分的舊式建築遭到拆遷、街道兩旁另外種上了樹木等等。於是老舊建築低矮部分的景就搭在城外的停車場，拍成一個圖板畫面；而老舊建築的上半部則拍成另一個圖板，由瘋馬效果公司接景。另外劇組還拍了不同路人和一些植物細節的圖板畫面等。一共有六塊圖板畫面，加上數位繪製、添加的街道以及運河中的流水，完成了如上圖所示的最終街景──讓銀幕上這個對往年的殖民時代匆促平淡的一瞥成了電影中第一幕印度拍攝裡最複雜的一個鏡頭。

動畫師帶來了動畫草圖。史奎爾指出：「有時候他們會有更好的想法，我們也鼓勵他們這麼做。」下面舉一個例子。在 Pi 第一次給理查‧帕克水喝的場景中，李安和史奎爾的後拍攝影片是老虎直接喝起水桶裡的水，不過在他們開始為這個場景設計動作位置的時候，動畫師給老虎多添了一、兩秒的猶豫躊躇——老虎伸掌輕輕拍打幾次這個陌生的容器後才噴噴地喝起水來。這個明顯的動物特性讓整個場景霎時生動了起來，而且也跟貓科動物面對陌生物體時天生的警覺反應一致。

一般而言動畫師一次只處理一個單一鏡頭，而這點可能有助他們從細微的觀察中發揮創意，但另一方面這也可能是個阻礙，導致動畫師見樹不見林，把單一鏡頭視為整體而忽略了整部電影。史奎爾表示：「『這就是電影』，有時候他們（動畫師）不想要動作戛然停止而繼續創作，但這正是我要做的事，因為這樣正好能把下一個鏡頭帶進來。」每一個獨立的鏡頭——兩個剪接片段之間都由不同的動畫師或動畫團隊負責，因此一些分歧和改變就在所難免，而史奎爾的工作又是負責把所有鏡頭剪成一個連貫場景，所以就得格外留心前述的變化。

仔細檢查這些動畫，用史奎爾的話來說就是：「數百次無止盡的來回重複。一般來說要先考慮動畫。」但是事實上其他零散的元素也是要留意的部分。他繼續表示：「比方某些鏡頭的海浪可能還沒有做成動畫，而其他版本的相同鏡頭還看得到背後的造浪池壁等等，原因在於不同的人負責不同的工作。這些到最後都要整合起來。」

早期的特效電影粗剪鏡頭幾乎都在不同階段七拼八湊想像而成。例如一隻真老虎可能在粗製的預拍攝中是一個樣，在動畫的第一個階段又變成光滑無毛的老虎——是工作人員穿著表面發亮的藍幕裝扮成的。所有不同階段的影像在不到幾秒的單一場景中從一個鏡頭換到另一個，水池中的海洋和藍幕上的天空兩者間的鏡頭轉換就無法清楚區隔。3D 電影則是經過不斷的修飾、不同的層次鋪陳而成的，直到進入最後階段。李安在最後階段就能檢視單一鏡頭、並決定特定場景是否完成、是否要放入電影中成為故事的一部分。上述談的都還只是視覺部分，配樂跟音效甚至還沒加入電影。

剪一個場景

將各別鏡頭剪在一起絕非線性過程那般簡單、直接。其實電影中的所有元素——包括負責這些元素的不同部門都是互助共榮的。《Pi》中的所有鏡頭都緊密相連：海洋倒映著天空、天空決定了光線，而光線又反過來影響數位老虎的毛皮呈現；老虎的動作設計又與隨著海浪運動起伏的船隻密不可分，這些關係縱橫交錯、環環相扣。

下面這個例子闡述場景組合的一些過程步驟，只不過這是非常基本的梗概；畢竟動畫製作不是用幾幅定格畫面三言兩語就能說得清的。

這組定格畫面來自Pi和理查‧帕克捉飛魚的場景。

1. **圖板畫面**：此場景是沙瑪在造浪池中拍攝完成的。
2. **追蹤**：追蹤並記錄攝影機、船隻的動向，以供之後的電腦成像使用。
3. **動畫**：這裡有兩個不同的動畫。第一個是手繪動畫老虎（有基本毛皮紋理）。第二個為獨立的「主角」飛魚（背景魚是用一個名為「Massive」的套裝軟體按照步驟畫好的）。
4. **技術動畫**：豐富老虎的皮毛紋理和表情細節；清晰可見擬真的老虎肌理（在第一層基本的毛皮紋理上添加）。
5. **打燈**：左下角是銀球和暗球，左上角的長條圖是假的老虎皮，兩者是拍片現場的反射、陰影和紋理參考，必須與電腦繪製元素的光影一致。
6. **合成**：結合各個部門負責的元素，包括老虎、飛魚、海洋和天空等搭配上實拍影片。

視覺特效生產線：
負責人是誰？負責哪些部分？為何電影結束的致謝名單一長串？

電腦繪製的理查‧帕克有一套不同於其他老虎的中樞神經系統——由廣佈的通訊、電腦、創意等縱橫密布的網絡組成，從紐約延伸到洛杉磯，再取道孟買和海得拉巴——Pi 的故鄉（R&H 公司也聘有在海得拉巴工作的動畫師）；整個團隊連續數周從事電影中所有動物的動作創作，包含打呵欠、伸懶腰、跳躍以及一個接著一個的鏡頭。

怒嘯的海水，漂流的老虎：
動畫創作流水線

R&H 公司訂有一套特製的工作流程處理《Pi》所需的動畫。這部電影是在兩個特別的情形下進行的：1. 電影大部分的鏡頭是在真實的水面上拍攝的，不過實拍的海水需要再與電腦繪製的海水進行不同程度的混合（除了兩個風暴的場面，海水全為電腦成像）。2. 理查‧帕克是一隻真老虎和電腦繪製老虎的結合體，在兩者間來回剪接要做到無縫接合。

攝影團隊

攝影團隊要確保 3D 拍攝的所有元素（右眼／左眼、顏色）各就各位、互相配合，再依此做調整。「追蹤」（tracking）記錄拍攝實況影片還有片場搜集到的其他數據（包括如何運鏡、所用鏡頭等等），並與虛擬世界的攝影機使用結合起來。即便動畫師能在「正常的」虛擬空間中從任一角度移動手上的角色，攝影機追蹤仍然不可缺少，因為它能確保最終結果跟最初拍攝的鏡頭彼此吻合。攝影部負責虛擬攝影，與負責海水和天空的特效團隊密切合作，製造出海洋的運動感和流動感，特別是要加強造浪池生成的波浪時，或是處理一個原本在平衡環上拍攝的場景

（因為機械裝置總是無法複製真實海水的自然潮退和流動感）。最後的組裝部分則需要把一個鏡頭中的所有元素結合，像是將海洋、天空和動畫角色等跟實拍影片結合，確保所有元素完美搭配以呈現在電影院的銀幕上。

海空特效團隊

電腦繪製海水的重點部分在水面波動的模擬，必須將許多參數變化納入考量，例如不同的高度、基本燈光和視覺呈現等。美術部採用 HDRI（高動態範圍數位影像）攝影機三百六十度捕捉天空影像，再做必要的增刪，像是雲層和雲朵移動等等。其他特別效果還能增添噴濺、水沫和泡沫等水質感的細節，也可以確保電腦繪製的海水和其他元素（救生艇、電影角色等）不互相衝突。最後加入的才是海面燈光；燈光打在海上製造出波光粼粼和強光效果，將鏡頭中的海空特效元素融合。

角色動畫團隊

要先確立動畫布局——空間、物件和外觀等，動畫師才能創造角色（老虎、鬣狗和其他動物）與之互動。動畫師的工作是在相對基礎、精簡的版本上將老虎和其他動物角色的步態動作設計出來。這些動畫以科技輔助添加擬真的肌肉、毛皮等，讓角色栩栩如生。這兩種不同動畫的工作性質，就類似海洋電腦繪製團隊和海空特效團隊的區別；兩者的相似處在於流程處理的最後階段都需要給動畫鏡頭中的角色打燈，以期與實際拍攝鏡頭的燈光效果一致。

參考，參考，再參考

比爾‧威斯坦霍佛從前在 R&H 公司監製過的很多動物都會展露出人類的表情，像是微笑或生氣等，這裡舉《納尼亞傳奇：獅子‧女巫‧魔衣櫥》為例。獅子亞斯藍不但會説話，説話聲音還低沉如連恩‧尼遜（Liam Neeson），像這樣的動物角色一般來説都具有人類或超人類特質，不過《Pi》卻反其道而行。《Pi》要理查‧帕克做

的動作遠比好萊塢習慣的動物拍攝框架來得艱難——牠必須，也只能「像」隻老虎，忠實的反映出牠的動物本色，就如同國王在片場的表現一樣。

動畫總監艾瑞克-簡·狄波爾指出：「最大的挑戰是不要過度精雕細琢而失去了真實感，要在貓科動物的動作中找到理查·帕克表現的平衡點。所以我們讓工作人員不斷借助參考資料。」

比爾·威斯坦霍佛表示：「我們的直覺處理方式很容易將動物擬人化。我們只有固守這些參考才能將動物性的感覺維妙維肖的展現出來。」（「比爾絕對是一個優秀的電影工作者。」李安就曾稱讚他對細節的關注與掌握。）

上圖：「強大」的參考。

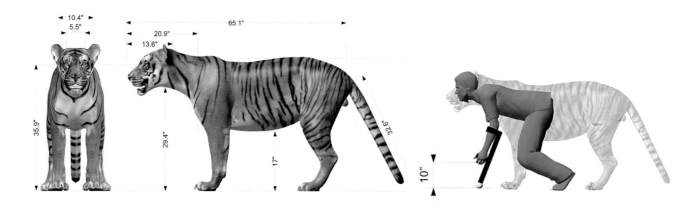

「我和整個特效團隊的終極目標就是，讓電影自然的像沒有使用任何特效一樣。」
——視覺特效總監 比爾·威斯坦霍佛

狄波爾和威斯坦霍佛指的「參考」是指，整個團隊所拍攝的幾百個小時老虎影片和數千張老虎的照片（特別是國王）。二〇一〇年底，兩人由造訪堤利·勒波堤耶的動物園開始，取得了數張國王及鬃狗弗拉德的第一手照片和影片。接著狄波爾返回洛杉磯組織了一個約四十五人的動畫團隊來著手形塑理查·帕克；動畫小組遍及各點，洛杉磯、孟買和海得拉巴等皆有動畫團隊駐守。

進入形塑階段就代表要將真實老虎的體積大小與細節帶到數位模型中（基本幾何結構確立後虎皮和毛髮特徵才會加入）。狄波爾表示：「當然最困難的地方是，真的老虎不會聽從你的命令。牠不會『乖乖坐好』。」（他忘了說牠不僅不會「乖乖坐好」，有時候還會朝你撲過來。）

狄波爾飛往台灣捕捉更多影片和照片，以供最終電腦繪製細節和形塑時參考。他提到：「我基本上拍了很多老虎呼吸時的鼻子特寫鏡頭，在不同模式下的鼻子反應動作和表情，包括打呵欠、咆哮、嘶吼、吃東西、喝水、舔舐自己、標記地盤、睡覺、尿尿等等。牠們的腳掌形狀在承受重量時如何改變？邁步時又是什麼形狀？腳爪又是怎麼伸縮的？」除了一般鏡頭，狄波爾也在救生艇上安了一台單眼相機，設定相機自動拍攝老虎的作息與反應，好讓他能安全獲得精彩的特寫鏡頭。

所有國王的相片還有影片（以及其他搜集到的老虎資料）都分門別類置放，有吼叫的、吐舌頭的、耳朵抽動的等等不同資料；電影中的每個鏡頭都可能使用不同來源的數份參考資料。「我們參考這些動作，企圖找到最接近的動作，我們永遠有實際參考資料做後盾，找到最接近真實的真實，因為我們總是不停問：『動物會做這個動作嗎？』」

但銀幕上電腦繪製版的理查·帕克不單單只是動作、姿勢的東拼西湊那麼簡單。《Pi》中的理查·帕克有三分之一是來自真實、有血有肉的老虎演出。即使在某些鏡頭裡，老虎為純電腦繪製，觀眾看到的也不是設計出來的國王之動作，而是牠（或是西蜜斯、明、喬納斯等）曾經出現過的動作。上述情形不是因為真老虎的實拍影片拍得不好所以改用電腦繪製；事實上有些真實老虎的影片效果也非常好，只不過需要做些調整——或許是技術原因也或許是美觀原因，來突顯主觀情感。威斯坦霍佛就舉了一個例子說明：「在面對著老虎的某些電影片段中，李安想讓情緒高漲的觀眾感受到戲劇張力，這時就得確保老虎的眼睛看著攝影機。但是一隻真正的老虎看著攝影機時的眼神跟牠與人對峙時的眼神絕對不會一樣。」因為缺少一個有效的方法來控制鏡頭中的真實老虎看向不同的方向（老虎的頭會隨著視線移動，所以如果讓牠們只動眼而不動頭的話，威斯坦霍佛說「會非常詭異」。），因此就定調「這種情況就需要電腦繪製老虎。我們會根據真老虎的實拍影片來創造數位老虎的動作，再做一

些調整，讓老虎看著鏡頭。」由於不能在中途轉換，所以每個鏡頭中出現的不是真老虎就是數位老虎，然後鏡頭和鏡頭之間再用剪接方式連結。

通常動畫師會用虛擬運動捕捉技術將真實老虎的動作轉變為電腦繪製影像，在實際鏡頭的畫面中讓電腦繪製的老虎重複一模一樣的動作，最後在必要處微調（威斯坦霍佛在前面提到的注視問題就是一例）；除此之外，數位老虎與真實老虎並無二致，包括每個動作、特徵等都與實拍影片中的老虎相同。

驚人的雷同：國王與理查·帕克

這是兩隻老虎的故事。

其中一隻是我們知道的國王——虎界的王中之王。國王是隻有血有肉的真實老虎。

另一隻叫理查·帕克。牠原本為英國曼氏布克獎（Man Booker Prize）小說的一顆璀璨明星，作者楊·馬泰爾用幾筆描述將牠給勾勒出來（關於老虎形象則讓讀者自行想像填補），後來理查·帕克經歷了漫長艱困的轉變之旅，由文字跳到影像中，在電腦繪製中獲得新生命；牠有了自己的身體形象——來自國王身上的每一條優美花紋。

國王並不知道這件事，但讓國王所做的每個動作都帶有目的，不管是為了圖像擷取也好、數據獲得也好；遍布半個地球的特效專家團隊同時如火如荼的展開工作。這個過程的最後結果是，真實世界的國王在虛擬世界中有一個一模一樣的攣生兄弟，兩虎雖然不知道對方也不曾碰面，但卻在電影《Pi》中合而為一。

創作理查·帕克的第一步為形塑。為了將國王的基本體型比例和細節搬上電腦，R&H 公司的動畫師從數據和參考資料（狄波爾和威斯坦霍佛在馴獸師勒波堤耶的動物園中所拍的國王照片和影片等）下手。

待老虎有了粗略的整體形象後，特效專家便分成兩組行動，要由內而外將理查·帕克具體化。第一組專家是動畫師，他們先建構出老虎的骨骼架構，再添加有紋理的虎皮——老虎身上的美麗條紋，但沒有毛，等老虎的雛型完成後就要進入下一個階段——設計理查·帕克在每個鏡頭中的位置動作。

在動畫師（由李安指導）完成了理查·帕克的基本動作後就輪到第二組專家——技術動畫師上場來補強其他部分，包括模擬老虎肌肉、皮膚、毛髮和斑紋等等，這些都標誌出理查·帕克獨一無二的紋理肌肉和存在性。

動畫：讓理查·帕克動起來

雖然在形塑老虎的過程中，專業團隊做了很多老虎的解剖學研究，但最終的虛擬老虎骨骼卻非百分百按解剖學構造繪成的，而是簡化的骨骼結構，單純用來決定老虎活動時的關節位置，以及支撐起肌肉和皮膚的架構。狄波爾說明：「我們用簡化的骨骼架構做為肌肉、脂肪還有鬆弛肌膚的支架。」

在團隊的整個合作過程裡，動畫總監仍要不時回頭參考這個骨骼架構。一旦對於動畫師所畫的內容有不確定的感覺時，鏡頭可以只留下骨骼動作，以仔細確認這是否是這隻動物能夠做到的動作。

紋理皮膚的動畫繪製是數位老虎建構的第二層。國王的基本輪廓和斑紋都已複製到電腦繪製的理查·帕克身上，但仍顯平滑精簡。威斯坦霍佛就打趣的說這基本上看起來像是「一隻剃了毛的老虎」。這隻「剃了毛的老虎」用做舞台走位設計——在一個鏡頭的時間內演出老虎初步的動作，而大致動作則由動畫師和導演討論推進。

現在終於要進入修飾階段了，要開始精鍊老虎的動作姿勢，然後將牠放到真實世界中。再以理查·帕克為例，在這個階段中要創造出牠與外在環境的肢體互動，像有一幕牠走在防水布上，因為船隻晃動帶來的不平衡感導致牠暈船；另外行為姿勢也是在這個時候加入，例如先前提到的理查·帕克在喝水前先拍打水桶的臉部抽動表情。威斯坦霍佛就說：「我們與動畫師來來回回處理這些細節；像是討論動作重心、重心位置、加速度、碰撞和衝擊、摩擦等等。這些也有臉部細節；我們處理的範圍包括所有外在的肢體反應與動作。」

對頁圖：原先有個計劃提議由替身代替老虎走定位，後來這個計劃遭到否決，改用填充娃娃。

1

2

3

4

5

6

技術動畫：理查・帕克形象再上層樓

　　動畫團隊正在製作理查・帕克的雛形測試版本，請李安提出意見指教；另一邊技術動畫師在基礎成品上開始動工，確立鏡頭場景的基本走位設計。

　　技術動畫師專司動畫的「畫龍點睛」部分，

包括肌肉抽動、皮膚活動、風拂過虎毛的效果、老虎垂墜晃動的肚皮的重力作用與運動、腳掌施壓和腳爪伸展等等。他們也負責處理動物的體型重量施加在外在事物上的效果——例如老虎跳上救生艇一側的衝擊力度，或是走在防水布上因為老虎身體的重量使防水布產生被壓的效果。動畫

師的工作是讓老虎動起來，技術動畫師則是賦予這些動作具體形象，在這個過程中肌肉是具體化這些形象的關鍵。肌肉運動主宰了電腦繪製動物的外觀表現（肉眼層）——皮膚表層（面部抽動、肌肉收縮等）以及虎毛。

　　電腦繪製的老虎肌肉處理方式也和動畫師處理老虎骨骼的方式類似——皆未依解剖學理創作；老虎肌肉是按動作設計而反應，逼真的肌理紋路只為了讓數位國王盡可能貼近現實中的國王。

　　現在將鏡頭轉至肌膚動作模擬；包覆老虎肌肉的皮膚層上面沒有虎紋，反而是精細的網格。技術動畫師藉著這些網格判斷皮膚的活動——根據不同姿勢動作反應的表皮伸展、收縮抑或是起皺褶等。

　　網格技術讓老虎的表皮模擬層看起來有點不一樣——皮膚上的方格標註了英文字母，理查‧帕克就像會動的報紙猜字遊戲。以英文字母標出區塊的做法是為了讓技術動畫師安排老虎身上的顏色和花紋樣式。

　　理查‧帕克終於要披上一層美觀溫暖的虎毛大衣了，但還是有點不對勁——畫面上的理查‧帕克變成了一隻白老虎，不見一點斑紋；不過別擔心，這層虎毛只是老虎的外衣質地，用來檢視內外部力量對毛髮產生的作用，前者有肌肉收縮、皮膚抽動等，後者則包括了風、水、重力等的影響。

　　最後，燈光一打，補上顏色和花紋，華美的橙黑大衣加身讓電腦繪製老虎幾可亂真。穿上了國王的外衣，理查‧帕克已經準備好要拍特寫

了。若把國王和理查‧帕克擺在一起，即便牠們一隻為實體老虎、一隻為數位老虎，觀眾能辨別得出真假嗎？

Pi 方舟

　　「Pi 方舟」（Pi 這麼戲稱他的救生艇）上的其他動物基本上也是用和創造老虎的相同技術打造出來的。

　　就跟理查‧帕克一樣，動畫師同樣也有為鬃狗哈里量身訂做詳實的參考資料——將堤利‧勒波堤耶的鬃狗弗拉德融入角色中。專業的動畫

對頁圖：電腦繪製老虎由內而外的創作過程：１. 骨骼皮膚動畫製作。２. 為虎皮添上條紋。３. 肌肉和骨頭模擬。４. 皮膚的動作姿態模擬。５. 皮膚模擬和網格技術。６. 虎毛模擬。頂圖：國王（左）和最後階段的理查‧帕克。上圖：台北市立動物園的母子猩猩；是電影裡猩猩OJ的原型。

師對動覺挑戰總是躍躍欲試，狄波爾指出：「鬣狗的動覺其實是很僵化的，因為牠們有個奇怪的身體比例；大頭安在長長的脖子上，配上牠們細瘦有力的後肢，因此牠們的活動就受限在平穩的土地上。

看著鬣狗的頭上下搖擺、輕微的前後晃動還有一扭一扭的屁股，幾乎可以把牠們跟長頸鹿的動作畫上等號。創作鬣狗的挑戰充滿了樂趣，因為牠很容易緊張、神經兮兮的。」

其他電影裡的哺乳類動物就沒有老虎和鬣狗的待遇了；劇組沒有專門為牠們量身找尋現實生活中的另一半當參照。猩猩 OJ 的形象來自台北市立動物園裡的一隻母猩猩，而救生艇上的跛足斑馬更沒有實際參照對象，兩者皆為電腦成像作品。此外，動畫師也以電腦繪製一些大型哺乳類動物和鳥類，並將牠們與台北市立動物園中拍攝到的實際動物融合，供片頭的蒙太奇畫面用。

從陸上轉到海上需要使用不同的技巧。根據狄波爾的觀察：「光是把魚呈現在銀幕上就很不簡單；有時候是浮力問題、有些時候則是缺少動作的問題——觀眾總是一下子就能察覺到這是電腦成像、那個看起來很假等等。」如果從水面上俯視魚群，折射就會是一個很好的解決辦法；魚群在波光粼粼的水面下有些扭曲變形，加上坐在小筏上往水面下看的目測距離總是會帶來一定程度的偏差。即便如此，要讓劍魚、鮪魚或其他魚類在水下如實呈現也是困難重重。劍魚大部分是手繪動畫，而影片中的飛魚則是由名為「Massive」的套裝軟體所繪製的，飛魚按照軟體的基本參數控制設定成群飛躍，但也有一些是手繪動畫，甚至在拍攝時有劇組人員在旁抓準時機對沙瑪投擲橡膠飛魚。

神的風暴，李安的風暴

太平洋在《Pi》中成為一個角色，其重要性不言而喻，因為在後製時導演的管轄範圍從動物延伸到神性的發揮上。台中的造浪池儘管效果驚人，最多也只能做到複製較大型的海浪；針對電影中兩個主要風暴的場景——奇桑號沉船風暴和神的風暴，造浪池中的水浪全都以數位繪製替換

——必須以數位繪製替換；兩者為刮起十二級陣風的暴風雨，能掀起高達十多公尺的滔天巨浪。造浪池中拍攝的神的風暴時刻與實際銀幕上所需的呈現效果給影視特效公司 MPC（Moving Picture Company）帶來風暴規模差別的創作靈感。要創造出銀幕上的虛擬風暴至少得達成以下幾個簡單數據所述的規模：

◆ 奇桑號沉船連續鏡頭中的單一鏡頭可能涵蓋了高達兩億六千九百萬滴的噴濺水珠。

◆ 海洋表面的影像解析度小至兩平方公分。

◆ 一秒鐘的全海洋模擬能花上整整三天的電腦處理時間。

◆ 七百八十六幅紋理貼圖——每一幅都代表特定的外觀（例如窗玻璃、銹鋼板、繩索等等），這些貼圖建構出奇桑號船體本身。

◆ 最值得注意的是《Pi》所需的資料是如此龐大，光是電影中最大的場景——奇桑號沉船的場面，跟 MPC 公司過去所有工作所需的數據資料加總一樣多（就二〇一一年而言），甚至是更多。

　　那麼為何《Pi》中的兩個場面需要花費如此大量的時間精力？以前製角度出發，答案在「水」；不管是在現實人生或是虛擬電影中，「水」，是生存的最基本元素，也是最複雜、最耗時的模擬呈現元素。《Pi》的編排結構又讓水的表現異常困難，箇中原因就在電影大部分在海上或戶外拍攝，背景不是海洋就是水平面。MPC 視覺特效總監紀堯梅・魯克朗（Guillaume Rocheron）就表示：「我們拍片的主要場景基本上一直是在流動的。」

　　這項工作也需要 MPC 改採不同於以往的策略方法。MPC 一般作法是先做大規模的海洋模擬，再行效果設計——利用 Scanline 公司研發的強大特製軟體在一組給定的參數（風速、海深、天氣情況等等）下生成模擬的寫實大浪。最後鏡頭中的動畫和設計通常再循此軌前進。

　　但《Pi》卻顛覆陳規。奇桑號沉船的整個場面在預拍攝階段已經歷歷呈現，換句話說，神的風暴根本上等同於李安的風暴——李安精心設計

混亂場面以求最大的戲劇、美學效果。李安雖然主導控制這些元素，但他仍然要求最大程度的寫實呈現——從驚天大浪到細小水沫都做同等要求，導演的目的在於盡全力反映真實，同時努力不顯精心安排的鑿痕。也因為如此，MPC 公司不走慣常程序，反而逆向操作；先做海浪動畫再跑模擬；希望透過這個方式確保導演的理想視界和現實的精算模擬在最後天衣無縫的結合起來。

　　來個精準規劃、藝術取向卻有具體條件又要高度寫實的風暴？魯克朗坦承：「這是我們這個行業中數一數二的大難題，但我也承認這是最早的幾部電影中我們投入較多的一部；這部電影中的水逼真的嚇人，不過全盤掌握海水美學，乃至風浪、其他事件，甚至電影中的一切一切等都是故事的功勞，而非電腦。」

對頁圖：**低科技創意特效：劇組人員將橡膠飛魚丟向蘇瑞吉・沙瑪。**上圖：**即使造浪池馬力全開（上），其生成的風浪最後仍然要全部以電腦成像取代（下），因為數位繪製方能表現出神的風暴中十二級風浪的震撼感。**

TS 270：鏡頭分解

　　整部電影裡最精心設計的鏡頭可能要屬僅三十二秒的 TS 270 鏡頭（奇桑號，第兩百七十個鏡頭），內容描述如下：滔天巨浪（十五公尺高）把救生艇高高捲起（這時 Pi 緊緊抓著防水布），再重重拋下，將之甩落在奇桑號船上（打壞了船舵，沖走甲板上數名水手），接著救生艇從沉船上面高速墜落至海上。

　　由於這個鏡頭由一連串的具體事件組成，因此 MPC 公司在電影拍攝前即協助設計與指導。

　　在台中，救生艇安置在巨型平衡環上，另外在最上頭加入旋轉盤。攝影機則固定在一個大型動力控制平台——升降機上。這個鏡頭在很大程度上依賴電腦成像完成，程度大到所有一切都是電腦成像，包括 Pi 和救生艇，待鏡頭拉近再採實景拍攝。魯克朗解釋這個過程：「我們在電腦上設計好這個鏡頭，然後再從鏡頭中定義出 Pi 什麼時候在救生艇上、什麼時候要在平衡環上，接著設定好攝影機，讓它跟動作控制機同步，最後實景拍攝中的救生艇和攝影機移動就能跟電腦成像一致。」這個鏡頭在預拍攝影片上重新設計，目的在於取得最逼真的風浪時機和規模。待救生艇撞上奇桑號上頭的升降機時就是數位救生艇和數位 Pi 功成身退的時候了，換實景拍攝登場。但電腦成像在鏡頭初始仍然不可或缺，因為沒有一個升降機有足夠的高度能夠做出救生艇在這種大浪下的高低跌宕差距。

　　為了讓實景鏡頭和電腦繪製完全一致，會先用電腦圖示出升降機裝置，再用電腦來設計運鏡方式並計算出軌道的數據，配合著其他事物。接著電腦模擬數據就導入實際的升降機平台中，確保拍片時這些步驟動作分毫不差。

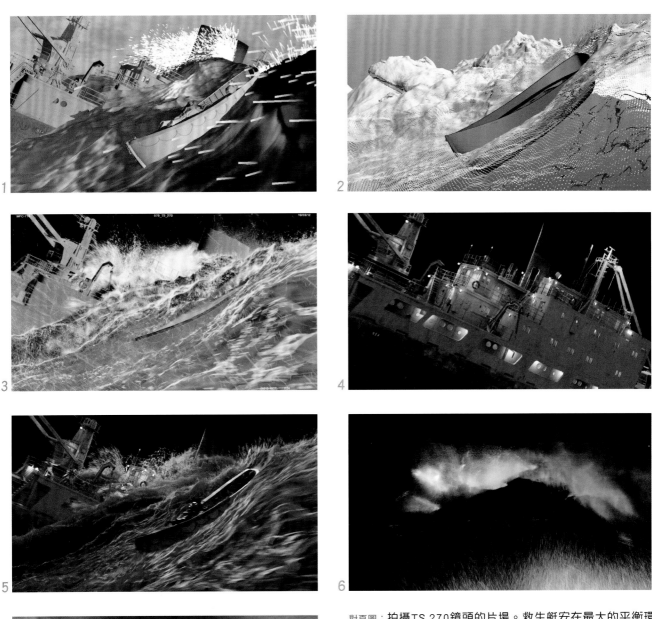

對頁圖：拍攝 TS 270 鏡頭的片場。救生艇安在最大的平衡環上，此平衡環用在奇桑號的場景中。

本頁圖：嘩啦啦的數位雨，一層一層激起狂風暴雨：**1.**鏡頭佈局。**2.**水體表面模擬。**3.**浪花模擬。**4.**奇桑號電腦繪圖。**5.**海面與救生艇的電腦繪圖。**6.**互動式浪花。**7.**最終合成顯示圖。

拍攝過程中的這些事項是如此複雜，又要如何將 TS 270 鏡頭在後製中整合？答案是類比生產線的工作模式。MPC 公司為《Pi》所製作的所有鏡頭都能分解成數個基本階段，這邊提出的是簡化的版本。TS 270 鏡頭透過這些劇照呈現在讀者眼前，這個分解圖（不同的階段層次）大致能說明解釋所有 MPC 公司在電影中負責的鏡頭做法。

MPC 公司和 R&H 公司合作創造出第一層動畫，在這層動畫中時間控制已大致規劃妥當，另外所有關鍵元素（在這裡指的是救生艇、驚濤駭浪、碰撞還有遭大浪吞噬的水手）都已經調整成與場景中的其他鏡頭互相搭配且融合。

這個鏡頭的第二層是海面模擬。鏡頭的全部參數都設定好後電腦就要開始製造大規模的流動模擬，讓水表面帶出整個水體波濤洶湧的景象，有水波流動、風口浪尖、大浪飛濺等效果，一切都要符合十二級強度風暴的深海湧動條件。

第三層是海水質地模擬，包括浪花、泡沫、水沫等。這個階段跟創作理查·帕克時一層一層往上添加肌肉、皮膚和虎毛等的技術類似。海平面的一切就緒後（指海面運動和大浪形狀都已完成），電腦就要模擬浪花——狂風將水面推到最高點或是水急海怒時生成的浪花。浪花捲起、碎裂、掉回海中，釋放出泡泡，這些泡泡浮上海面形成海洋泡沫。浪花、泡泡和海洋泡沫三個元素周而復始循環，魯克朗表示這個這三個元素同時也是「創造一個現實海洋」的模擬過程中不可或缺的。

同時間數位的救生艇、Pi 和奇桑號（為了與原始場景中的人事物相符而有豐富講究的質地細節）也應鏡頭需要繪製而生。這些電腦成像都要用在「奔騰」、「充滿水花泡沫」的鏡頭之中。

在下一個階段中，這些元素會集合起來、打上燈光。奇桑號風暴之所以特別嚇人、混亂的原因就在於沉船事件發生在死寂的夜晚，唯一的光源來自沉船本身。等到最後的元素添上後，風暴鏡頭也進入收尾階段：將風雨交加的景象帶入場景中，製造出最後一層視覺效果——薄霧；薄霧迷濛了視線，也定調了一個洶湧混亂的氛圍。

Pi 的數位分身

　　在片場的這幾個月以來，蘇瑞吉‧沙瑪一肩挑起電影的大梁，幾乎到了無所不能的地步，但有一點是他始終做不到的──同時出現在兩個地方，於是在電影中少數幾個時刻──包括奇桑號連續鏡頭中的 TS 270 鏡頭、神的風暴中的一個鏡頭以及幾個要剪成連貫動作的鏡頭，就輪到數位替身上場。沙瑪和國王最大的差別在於劇組不用費盡千辛萬苦之力取得沙瑪的照片，只要讓他站著不動數分鐘進行掃描，Pi 的數位分身就誕生了，過程簡單又直接。更簡單的是這個角色大部分用在長鏡頭中，所以不需要像處理數位版的理查‧帕克一樣細緻講究（建立表情庫）。

　　劇組運用幾項技術記錄下沙瑪的特徵，動畫師再依此建立數位 Pi。沙瑪飛到澳洲進行網路掃描──一種雷射成像技術，能精準捕捉他的身形以及一些主要表情。在奇桑號的場面中，需要數位替身的人（沙瑪和一些演員）站在旋轉盤上拍照──轉盤其實就是個餐桌圓轉盤。工作人員慢慢推著轉盤好讓演員身體的每一面都被捕捉下來。這些照片就用作皮膚和服飾質地參考。比爾‧威斯坦霍佛發明了這個他所謂的「平民動作捕捉術」──簡單架設三台攝影機來記錄基本動作。

對頁上圖：蘇瑞吉‧沙瑪站在旋轉盤上，等著攝影機從不同角度捕捉他的皮膚、頭髮和衣著質地。

對頁下圖：電腦繪製的數位Pi。

上圖：沙瑪和他的真實替身瑞奇‧彼得斯（Ricky Peters）。

電腦成像也在強調 Pi 的瘦削身形時派上用場。當 Pi 沉重絕望的説出:「我們要死了,理查·帕克。」時,他和理查·帕克在銀幕上的形象應該是消瘦憔悴的。

弄隻骨瘦嶙峋的老虎並不是問題;R&H 公司早已擬定好理查·帕克在不同階段的樣貌;共有六種老虎體格形態,從餵食牢籠一景中的青年老虎,到展開旅程時的壯年老虎,最後至海上漂流、歷經四個階段、日益消瘦的老虎;R&H 公司一步一步鋪陳老虎最後登陸墨西哥時皮包骨的狀態。

蘇瑞吉·沙瑪就沒這麼幸運了。他要大舉瘦身才能演 Pi,不過神的風暴過後沙瑪的體格就由特效來呈現,而不再是節食與運動。

在「我們要死了」的場景中,製作團隊找上了特效公司 Lola。Lola 的特效專家利用數位修圖修飾蘇瑞吉·沙瑪的身形,以符合電影中 Pi 飽受磨難的形象。

製作團隊在海灘登陸的場景中為沙瑪找到一個合適的真實替身──來自南非、高瘦結實的瑞奇·彼得斯(瑞奇·彼得斯剛好在台中當老師)。Pi 拖著船隻上岸、力竭的倒在沙灘上的鏡頭大部分是彼得斯的貢獻。為了將彼得斯的臉換成蘇瑞吉·沙瑪,劇組採用了「人臉置換」技術。之後回到紐約的攝影棚,打上燈光、畫上登陸場景中一模一樣的妝,沙瑪在李安的指導下,參考彼得斯的演出重演電影的片段。沙瑪的臉部動作表情被紀錄投射到定格的數位人臉上。

「人臉置換」聽起來很不可思議,甚至可以説頗為驚悚,但天衣無縫的人臉置換術是為了滿足更大的故事需求:表現出 Pi 注視著站在叢林外的理查·帕克及老虎後續動作之間的關係。

在這樣的時刻，李安只用攝影機做了一件很簡單的事：將重心從影像的深度、色彩轉移到對於事件的發生以及對事件的感受，和更高的故事性。事實上，別管李安做了什麼，你只要靜觀其變就好，或者甚至不需要觀察；你應該忘了這一章所講的所有東西。

最後，在你數完了每一顆水珠、每一根精細繪製的數位虎鬚、驚嘆頂尖特效藝術家團隊的完美力作後，請你忘了這一切；畢竟特效團隊費勁心思的琢磨創作是為了不落下半點痕跡。《Pi》講述的就只是一個在救生艇上的男孩的故事，一個奇幻精彩的故事；它帶領你穿過真實、跨越現實，感受心靈最深處的顫動，讓你不由自主地在信仰上奮力一躍，跟隨著直到最後一刻，然後返回起點。

對頁圖：為了捕捉臉部的動作表情，沙瑪重新演繹海灘登陸鏡頭。

上圖：Pi從沙堆中抬起頭，注視著理查・帕克。

抵岸：李安指導墨西哥登陸鏡頭

Pi終於在清新純淨的南台灣沙灘（墾丁快樂熊貓露營區，代替墨西哥海岸）上登陸。在實際拍片環境中，拍攝時程並不總是跟故事的線性發展同步；主角可能最後還得回到救生艇待上一段時間，最高難度的演技考驗還等在前方。儘管如此，拍攝當天仍然有種抵岸的歸屬感，長長藍幕結束後，見到真正的神造之光，所有工作人員在陽光下興奮又雀躍。攝影師瑪麗・艾倫・馬克重新回到劇組，花了幾天時間捕捉片場氛圍和李安流暢的「手舞足蹈」——他正為劇組演示Pi上岸的場面。

致謝

從主題來看，這本書就像一艘紙船，隨著巨大的貨輪一同顛簸出航。即便海路多阻，它仍然堅持下來，努力漂浮在海面上、跟著影片的步伐前進，而這一切都要歸功於大家的支持與協助。

首先要感謝福斯公司的促成推動、協助部署且提供許許多多的圖像設計。

接著是「大衛」群，感謝他們一開始就同舟共濟，有大衛‧馬季——是印度旅程中的良伴、也是發展電影的合作夥伴，更是本書獨到視角的啟發人；還有大衛‧沃馬克——打了無數通電話加上說了一口好故事；當然最重要的是李良山（英文名也作大衛）——永遠是電影圈中最認真（除了蘇瑞吉‧沙瑪在造浪池中拍戲的那幾個月以外）、最寬厚的男人，他讓一切成真。

再來是黃可欣和蒂芬妮‧許（Tiffanie Hsu），他們兩位帶我熟悉製片流程，讓我的台中機場體驗不那麼窘迫。

我還要感謝片場內外提供寶貴的電話時間、會面時間、情報資訊和視聽材料的所有人，包括了亞帝爾‧胡笙、安德魯‧墨菲特（Andrew Moffett）、阿爾榮‧巴辛、艾薇‧考夫曼、布萊恩‧考克斯（Brian Cox）、布萊恩‧嘉納、查理‧克魯維爾、克勞帝歐‧莫藍達、大衛‧葛羅曼、大衛‧提科汀、老朱、艾迪‧馬隆尼（Eddie Maloney）、厄里亞‧亞洛夫、伊莉莎白‧蓋普勒、菲‧哈蒙、吉爾‧奈特、李涵、喬伊‧艾莉森（Joy Ellison）、李青曄、凱文‧布斯鮑姆（Kevin Buxbaum）、克絲汀‧查爾默斯（Kirsten Chalmers）、曼寧‧提爾曼（Manning Tillman）、瑪麗‧西布爾斯基、麥克‧馬隆、妮提亞‧梅赫拉、瑞克‧希克斯、羅伯特‧斯基亞維、羅賓‧米勒、羅賓‧普里奇爾（Robin Pritchard）、夏拉雅‧沙瑪、史萊德‧雷諾德斯（Sled Reynolds）、史蒂芬‧卡拉漢、蘇瑞吉‧沙瑪、塔布拉茲‧努拉尼、塔布‧堤利‧勒波堤耶、維多利亞‧羅塞里尼（Victoria Rossellini）和威廉‧康納（William Connor），當然還有最重要的一位——楊‧馬泰爾。

在後製方面，我要感謝比爾‧威斯坦霍佛（R&H公司）、艾瑞克-簡‧狄波爾（R&H公司）、紀堯梅‧魯克朗（MPC公司）、麥可‧唐納、派屈克‧卡爾尼（Patrick Kearney，R&H公司）、提姆‧史奎爾等；

還要向蘇珊‧麥勞德致上我特別的謝意，謝謝她不厭其煩的為我再三說明、講解。另外感謝紐約後製辦公室的員工在午餐時間為我留一個位子。

做為一個沒有什麼科技背景知識的菜鳥，我在片場和後製時間中最常問的問題就是：「這個按鈕是做什麼的？」如果我不小心在片場或書中誤觸任何按鈕，我就必須承擔所有的責任。

本書的相片畫面要感謝許多人的貢獻，在這邊向衛理‧葛里芬和美術部獻上我特別的謝意，謝謝他們提供這麼多精美的相片影像，為本書的前半部分增色不少，尤其是劇照攝影師菲爾‧布雷、彼得‧索列爾和傑克‧奈特等，當然還有我的好友瑪麗‧艾倫‧馬克——她讓我在上萬張精彩動人的照片海中苦苦掙扎，不知道該選哪幾張放在文字間。還有謝謝艾利克西斯‧洛克曼綺麗懾人的插畫還有一些場邊插畫；最後當然不能少了後製階段所有工作人員創作出的影像畫面，他們讓特效主題躍於眼前。

我也由衷感謝哈潑設計的編輯伊麗莎白‧維斯寇‧蘇利文（Elizabeth Viscott Sullivan），感謝她包容我不時的拖稿、幫我校稿，用她敏銳的眼光完善本書、在書緣空白處以修訂欄留下評論意見。我同樣要謝謝哈潑設計的藝術總監艾麗絲‧施（Iris Shih）和版面設計師傑森‧史奈德（Jason Snyder），感謝他們將書本編排得井然悅目。

按往常慣例，我也要感謝「作家室」，它提供給我一個小小世界、一個寫作的避風港，和一個窗明几淨的環境。

我的妻子麗莎在編輯這塊給我很多指點，她也提醒我哪一個才是吸引人的故事（講到家庭的故事），我對此以及她所付出的一切充滿感激。還有我的兒子奧古斯都和普魯斯洛，他們兩人小小的腦袋瓜應該會在這幾年裡塞滿遇難船隻、漂流男孩與老虎，以及（這個特別給你，普魯斯洛）食人島的夢，謝謝他們。我已經迫不及待要聽他們跟我分享夢境了。

最後的最後，我要向李安獻上我對他的尊敬及愛戴，感謝他在合作關係中帶給我源源不絕的靈感；他豐富又極具吸引力的個人魅力最後也成了我的寫作焦點。我要將此書獻給他。

照片及圖片來源

2–3: Photograph: Jake Netter. **5:** Unknown artist. *The Hindu god Krishna and his consort sheltered from the rain by an umbrella.* c. 800–900. Himachal Pradesh, India. Opaque watercolor on paper. Gift of Mr. Johnson S. Bogart, F2003.34.25. © Asian Art Museum, San Francisco. Used by permission. **6–7:** Photographs: Peter Sorel. **8:** Unknown artist. Untitled (*Matsyavatara*). Late eighteenth century. India. Ink, gouache, and gold on paper, 7 L x 5 I inches. University of California, Berkeley Art Museum and Pacific Film Archive; gift of Jean and Francis Marshall. Photographed by Benjamin Blackwell. **11:** Unknown artist. *Vishnu and Lakshmi on the Great Snake.* Opaque watercolor on paper. Pahari style. c. 1870. Kangra, India. © Victoria and Albert Museum, London. **12–13:** Photograph: Phil Bray. **14–15:** Photographs: Mary Ellen Mark.

Chapter 1

16–17: Conceptual sketch: Alexis Rockman (watercolor and ink on paper). **18:** James Ricalton. *Famous "Man Eater" at Calcutta Zoo.* Photographic print. 1903. Copyright © The British Library Board, all rights reserved, photo 181/(50). **20:** Storyboards: Haan Lee. **21:** Comic book panels: Andrea Dopaso. **22:** Photographs: Phil Bray. **23:** Photograph: Mary Ellen Mark. **24–25:** Photograph: Peter Sorel. **26, top:** Unknown artist. Untitled (*Shiva's family*). 1730. India. Ink, gouache, and gold on paper, 11 Nx 8 E inches. University of California, Berkeley Art Museum and Pacific Film Archive; gift of Jean and Francis Marshall. Photographed by Benjamin Blackwell. **26, bottom:** Composite elephant design: Joanna Bush. **27** and **28:** Photographs: David Magee. **29, top:** Photograph: Peter Sorel. **29, middle** and **bottom; 30, top:** Photographs: Jean-Christophe Castelli. **30–31, bottom:** Panorama: Jean-Christophe Castelli. **31, top:** Photograph: David Magee. **32, top:** Anonymous. *Landscape with Huge Banyan Tree Beside a River.* Watercolor. 1825. Copyright © The British Library Board, all rights reserved, Add. Or.2525. **32, bottom:** Unknown artist. *Vision of the Sage Markandeya.* India. c. 1775–1800. Opaque watercolor and gold on paper, 11 H x 9 D inches. Mat: 11 F x 9 C inches. Philadelphia Museum of Art: purchased with the John T. Morris Fund, 1955. **32–33:** Photograph: Mary Ellen Mark. **34–35:** 3-D sketches: Brian Gardner. **36:** Photograph: Peter Sorel. **37:** Photograph: Phil Bray. **38, top:** Photograph: Jean-Christophe Castelli. **38, middle:** Photograph: Peter Sorel. **39:** Stills from previsualizion by Halon Entertainment. **40:** Illustrations: Haan Lee. **41:** Island conceptual sketches: Alexis Rockman (watercolor and ink on paper). **42, top:** Painting: *Manifest Destiny*, by Alexis Rockman (oil and acrylic on panel), 2003–4. **42, bottom** and **43:** Island conceptual sketches: Alexis Rockman (watercolor and ink on paper).

Chapter 2

44–45: Photograph: Peter Sorel. **46:** Unknown artist. *Composite Man and Tiger.* c. 1750–1800. Northern India. Opaque watercolor on paper. Gift of Mr. and Mrs. George Hopper Fitch, 1988.51.12. © Asian Art Museum of San Francisco. Used by permission. **47:** Photograph: Tiffanie Hsu. **48:** Chinese calligraphy: Ang Lee. **49:** Photograph: Thierry Le Portier. **50–51:** Photograph: Peter Sorel. **52:** Photograph: David Gropman. **53:** Photographs: Peter Sorel. **54:** Time-lapse photographs: Josh Smith. **55, top:** Wave chart: Steven Callahan. **55, bottom:** Photograph: Robin Miller. **56, left:** Photograph: Peter Sorel. **56, right:** Boat movement chart: Tiffanie Hsu. **57, top** and **middle:** Photographs: Peter Sorel. **57, bottom:** Photograph: Jake Netter. **58:** Photographs: Peter Sorel. **59:** Photograph: Jake Netter. **60:** Thomas Daniell. *Hindoo Temple at Agouree, on the River Soane, Bahar.* Colored aquatint. 1796. Copyright © The British Library Board, all rights reserved, P929. **61, top:** Photographs: Peter Sorel. **61, bottom:** Photograph: Susan MacLeod. **62–63:** Photographs: David Gropman. **64:** Photograph: Tiffanie Hsu. **65, top:** Photograph: Peter Sorel. **65, bottom:** Drawing: Sarah Contant. **66:** Photographs: David Gropman. **67, top:** Drawing: Jim Hewitt.

67, bottom: *Tsimtsum* poster: illustration by Chen Hui; layout by Joanna Bush. **68** and **69, bottom:** Lifeboat charts: *Life of Pi* art department. **69, top:** Lifeboat models: Scot Erb. **70, top** and **bottom left:** Photograph: Haan Lee. **70, middle** and **bottom right:** Photographs: Peter Sorel. **71, top:** Life raft chart: *Life of Pi* art department. **71, bottom:** Photographs: Peter Sorel. **72:** Photomontage of chart by Steven Callahan: Jean-Christophe Castelli. **73:** Photograph: Jake Netter. **74–75:** Drawings: Steven Callahan. **76–77:** Survival manual illustrations: Joanna Bush. **78:** Photograph: Jean-Christophe Castelli. **79, top:** Photograph: Jake Netter. **79, bottom:** Photograph: Jean-Christophe Castelli. **80–81:** Photograph: Tiffanie Hsu.

Chapter 3

82–83: Photograph: Peter Sorel. **84:** Eadweard Muybridge. *Animal Locomotion*, plate 729 (Tigress Walking). University of Pennsylvania Archives. **85:** Photographs: Phil Bray. **86–87:** Photographs: Jake Netter. **88, top:** Photograph: Phil Bray. **88, bottom:** Photograph: Jake Netter. **90, top:** Photographs: Phil Bray. **90, bottom:** Photograph: Jake Netter. **91:** Photograph: Phil Bray. **92, top:** Photograph: Jake Netter. **92, bottom** and **93, top:** Photographs: Phil Bray. **93, bottom:** Photograph: Mary Ellen Mark. **94, top:** Photographs: Phil Bray. **94, bottom** and **95, top:** Photographs: Peter Sorel. **95, bottom:** Photograph: Tabrez Noorani. **96:** Photographs: Mary Ellen Mark. **97:** Photographs: David Gropman. **98, top:** Photograph: Jake Netter. **98, bottom** and **99, top:** Photographs: Mary Ellen Mark. **99, bottom** and **100–1, top:** Photographs: Peter Sorel. **100–1, bottom** and **102:** Photographs: Phil Bray. **103:** Photograph: David Gropman. **104, top** and **middle:** Photographs: Peter Sorel. **104–5** and **106, top:** Photographs: Jake Netter. **106, bottom:** Photograph: Mary Ellen Mark. **107, top** Photograph: Peter Sorel. **107, bottom:** Photograph: Mary Ellen Mark. **108–10** and **111, top:** Photographs: Peter Sorel. **111, bottom:** Still courtesy of Twentieth Century Fox. **112–13 top:** Illustration: Joanna Bush. **112, bottom:** Photograph: Jake Netter. **113, bottom:** Flyers: Katie Lee. **114, top:** Photograph: David Lee. **114, bottom:** Photograph: Jake Netter. **115, top:** Photograph: Peter Sorel. **115, bottom** and **116:** Photograph: Jake Netter. **117, top:** Photograph: Peter Sorel. **117, bottom:** Photograph: Jake Netter. **118:** Photograph: Peter Sorel. **119, top** and **middle:** Photographs: Peter Sorel. **119 bottom** and **120, top:** Photographs: Jake Netter. **120, middle** and **bottom:** Stills courtesy of Twentieth Century Fox. **121–25:** Photographs: Peter Sorel. **126, top:** Photograph: Mary Ellen Mark. **126, bottom:** Photograph: Jake Netter. **127, top:** Photograph: Mary Ellen Mark. **127, bottom–128, top:** Photographs: Peter Sorel. **128, bottom:** Still courtesy of Twentieth Century Fox. **129, top:** Photograph: Jake Netter. **129, bottom–133:** Photographs: Mary Ellen Mark.

Chapter 4

134–135: Still courtesy of Twentieth Century Fox. **136:** George Stubbs. Four drawings from *A Comparative Anatomical Exposition of the Structure of the Human Body with that of a Tiger and a Common Fowl.* Graphite on paper. Yale Center for British Art, Paul Mellon Collection. **137:** Photograph: Peter Sorel. **138:** Editing screen by Tim Squyres. **139:** VFX stills: Rhythm & Hues. **141:** VFX stills: Rhythm & Hues. **143:** Photograph: Erik-Jan de Boer. **144:** Illustrations: Rhythm & Hues. **146–47, top:** Tiger build VFX stills: Rhythm & Hues. **147, bottom:** Photograph: Susan MacLeod. **148:** Photograph: Peter Sorel. **149:** VFX stills: The Moving Picture Company. **150:** Photograph: Jake Netter. **151:** VFX stills: The Moving Picture Company. **152, top left** and **bottom left:** Pi digital double: The Moving Picture Company. **152 bottom, right:** Cyberscans: Headus. **153:** Photograph: Mary Ellen Mark. **154, top:** Photograph: Kho Shin Wong. **154, middle** and **bottom:** VFX stills: Lola. **155:** Photograph: Peter Sorel. **156–57:** Photographs: Mary Ellen Mark.

160: Photograph: Mary Ellen Mark.

國家圖書館出版品預行編目資料

少年Pi的奇幻漂流：幕後製作 / 強-克里斯多夫.卡斯特里
(Jean-Christophe Castelli)作；徐慧馨譯. -- 第一版. -- 新北市：稻田，
2014.04
　　面；　公分. -- (電影館；DM05)
譯自：The making of Life of Pi : a film, a journey
ISBN 978-986-5949-35-8(精裝)

1.電影片 2.美國

　　　　987.952　　　　　　　　　103004138

DM05

少年Pi的奇幻漂流：幕後製作
THE MAKING OF LIFE OF PI: A Film, A Journey

作　者／強-克里斯多夫‧卡斯特里（Jean-Christophe Castelli）
前　言／楊‧馬泰爾（Yann Martel）
推　介／李　安
翻　譯／徐慧馨
發行人／孫鈴珠
社　長／李　赫
主　編／左馥瑜
編　輯／林雅玲、王薇婷
美　編／劉韋均
出　版／稻田出版有限公司
地　址／新北市永和區中正路660號5樓
管理部‧門市／新北市永和區永和路一段69號15F-1
電　話／(02)2926-2805
傳　真／(02)2924-9942
稻田耕讀網／http://www.booklink.com.tw
E-mail／dowtien@ms41.hinet.net
郵　撥／1635922-2稻田出版有限公司
出版日期／2014年4月第一版第一刷
定　價／680元

THE MAKING OF LIFE OF PI: A Film, A Journey
by Jean-Christophe Castelli; Foreword by Yann Martel and Introduction by Ang Lee
Copyright © 2012 by Twentieth Century Fox Film Corporation
Complex Chinese Translation copyright © 2014 by Planter Press Co., Ltd.
Published by arrangement with HarperCollins Publishers, USA
through Bardon-Chinese Media Agency
博達著作權代理有限公司
ALL RIGHTS RESERVED